少年读
太平广记 ③

[宋]李昉 等编撰　杨柏林　刘春艳 编译　　精美插图版

少年读

太平广记

器量

郭子仪

 原文诵读

郭子仪为中书令,观容使鱼朝恩请游章敬寺,子仪许之。丞相意其不相得,使吏讽,请君无往。邠(bīn)吏自中书驰告郭公,军容将不利于公,亦告诸将。须臾,朝恩使至,子仪将行,士衷甲请从者三百人。子仪怒曰:"我大臣也,彼非有密旨,安敢害我!若天子之命,尔曹胡为?"独与童仆十数人赴之。朝恩候之,惊曰:"何车骑之省也?"子仪以所闻对。且曰:"恐劳恩虑耳。"朝恩抚胸捧手,呜咽挥涕曰:"非公长者,得无疑乎?"(出《谭宾录》)

 **译文**

郭子仪担任中书令,观容使鱼朝恩请他一起到章敬寺游览,郭子仪答应了他。丞相考虑到郭于仪和鱼朝恩之间有矛盾,让官吏劝告郭子仪,请求他不要去。郭子仪的部属也从官署骑马告诉郭子仪,说鱼朝恩将对你不利,并且把这话告诉了将领们。不一会儿,鱼朝恩来请郭子仪的使者到来,郭子仪将要出发,全副武装的三百名部下要求同他一起去。子仪生气地说:"我是国家的大臣,他如果没有天子的密诏,怎么敢加害

我?如果是天子的命令,你们还能做什么?"说完,自己和十多个仆人前去赴约了。鱼朝恩正在等候郭子仪,惊讶地说:"随从为何这么少啊?"郭子仪把他听到的话告诉鱼朝恩。并且说:"我害怕给你添麻烦,让你忧虑。"鱼朝恩扪胸行礼,呜咽哭泣着说:"如果不是您这样的长者,其他人能不怀疑我吗?"

 读后感悟

郭子仪平定叛乱,再造中兴,建有不世之功,但能明哲保身。鱼朝恩为代宗试探郭子仪,最终代宗未有疑心。

陈敬瑄

 原文诵读

陈太师敬瑄虽滥升重位,而颇有伟量。自镇西川日,乃委政事于幕客,委军旅于护戎。日食蒸犬一头,酒一壶。一月六设曲宴。即自有平生酒徒五人狎昵。焦菜一碗,破三十千。常有告设吏偷钱,拂其牒(dié)而不省。营妓玉儿者,太师赐之卮酒,拒而不饮,乃误倾泼于太师,污头面,遽起更衣。左右惊忧,立候玉儿为齑(jī)粉。更衣出,却坐，又以酒赐之。玉儿请罪，笑而恕之。其宽裕率皆此类。

（出《北梦琐言》）

译文

  太师陈敬瑄虽然稀里糊涂地升居高位，但还是很有大的气量的。从镇守西川时，就把行政事务委托给幕僚、军务委托给部将，自己每天吃一头蒸狗肉，喝一壶酒，一个月设六次宴会。当时，他与五个要好的酒友亲近狎昵，一碗焦菜就花掉三十千钱。曾经有人来报告管钱人监守自盗，他把报告丢在一边而不理会。有个叫玉儿的营妓，陈太师给她赐酒，她拒绝不喝，竟然不小心把酒泼到了陈敬瑄的身上，弄脏了他的头和脸。陈敬瑄马上起来去换衣服，身边人都吃惊骚动，等着玉儿马上被剁成肉酱。陈敬瑄换了衣服出来，退回座位，又拿酒赏赐给玉儿。玉儿请求降罪，陈太师笑着宽恕了她。他宽厚待人都是像这样。

读后感悟

有才者未必能登上高位，有德者一定能收服众心。

贡举

放榜

原文诵读

贞观初,放榜日,太宗私幸端门,见进士于榜下缀行而出,喜谓侍臣曰:"天下英雄入吾彀(gòu)中矣。"进士榜头,竖粘黄纸四张,以毡笔淡墨,衮转书曰"礼部贡院"四字。或曰,文皇顷以飞帛书之。又云,象阴注阳受之状。进士旧例,于都省御考试,南院放榜。张榜墙,乃南院东墙也,别筑起一堵高丈余,外有壖(ruán)垣。未辩色,即自北院将榜,就南院张之。元和六年,为监生郭东里决破棘篱,坼裂文榜。因之后来多以虚榜自省门而出,正榜张亦稍晚。(出《摭言》)

译文

贞观初年,放榜的日子,唐太宗悄悄到端门,看到进士们从榜下接连不断地走出来,便非常高兴地对随行人员说:"天下的人才都被我收入囊中了。"进士榜的边上,要竖着粘贴四张黄纸,用大毛笔淡墨书写"礼部贡院"四个字。有人说,近来是唐太宗用飞白体书写的。又说,如阴注阳受恩荫的样子。进士科考试的惯例,要经过礼部的考试和皇帝的面试,在南院放榜。贴榜的墙壁,是南院的东墙。另外修筑一堵墙高一丈多,

上面有檐,四周是空地。天尚未明,就从北院捧着榜,到南院去张贴。元和六年,国子监的学生郭东里踏破棘篱,撕裂了榜文,所以,后来大多由礼部贴一个副榜,从尚书省大门出来,正式的榜文也稍晚一些再张贴。

 读后感悟

金榜题名,是古今读书人的一致追求。

王维

 原文诵读

王维右丞年未弱冠,文章得名。性闲音律,妙能琵琶。游历诸贵之间,尤为岐王之所眷重。时进士张九皋(niè)声称籍甚,客有出入公主之门者,为其地,公主以词牒京兆试官,令以九皋为解头。维方将应举,言于岐王,仍求庇借。子之旧诗清越者可录十篇,琵琶新声之怨切者可度一曲,后五日至吾。维即依命,如期而至。岐王谓曰:"子以文士请谒贵主,何门可见哉!子能如吾之教乎?"维曰:"谨奉命。"岐王乃出锦绣衣服,鲜华奇异,遣维衣之,仍令赍琵琶，同至公主之第。岐王入曰："承贵主出内，故携酒乐奉宴。"即令张筵（yán），诸伶旅进。维妙年洁白，风姿都美，立于行，公主顾之，谓岐王曰："斯何人哉？"答曰："知音者也。"即令独奏新曲，声调哀切，满坐动容。公主自询曰："此曲何名？"维起曰："号《郁轮袍》。"公主大奇之。岐王因曰："此生非止音律，至于词学，无出其右。"公主尤异之，则曰："子有所为文乎？"维则出献怀中诗卷呈公主。公主既读，惊骇曰："此皆儿所诵习，常谓古人佳作，乃子之为乎？"因令更衣，升之客右。维风流蕴藉，语言谐戏，大为诸贵之钦瞩。岐王因曰："若令京兆府今年得此生为解头，诚为国华矣。"公主乃曰："何不遣其应举？"岐王曰："此生不得首荐，义不就试，然已承贵主论托张九皋矣。"公主笑曰："何预儿事，本为他人所托。"顾谓维曰："子诚取，当为子力致焉。"维起谦谢。公主则召试官至第，遣宫婢传教，维遂作解头，而一举登第矣。及为太乐丞，为伶人舞黄师子，坐出官。黄师子者，非一人不舞也。天宝末，禄山初陷西京，维及郑虔、张通等，皆处贼庭。泊克复，俱囚于宣杨里杨国忠旧宅。崔圆因召于私第，令画数壁。当时皆以圆勋贵无二，望其救解，故运思精巧，颇绝其能。后由此事，皆从宽典；至于贬黜，亦获善地。今崇义里窦丞相易直私第，即圆旧宅也，画尚在焉。维累为给事中，禄山授以伪官。及贼平，兄缙为北都副留守，请以己官爵赎之，由是免死。累为尚书右丞。于蓝田置别业，留心释典焉。（出《集异记》）

 译文

王维字右丞,未成年时,以擅长写文章而得到盛名。他生性喜欢音乐,琵琶弹得很好。王维与权贵来往,被岐王看中。当时的进士考生(案,唐代称参加进士科考试的考生为"进士",进士及第后称为"前进士")张九皋有很高的名声,有经常出入公主府邸的客人,向公主推荐张九皋,公主写信给京城的主考官,让他录取张九皋为第一名。王维也正打算参加进士考试,把这件事告诉岐王,请求岐王帮忙。岐王说,把你过去写的较清新激越的诗选十篇,哀怨悲切的琵琶新曲子准备一首,五天后到我这里来。五天后,王维如期而来。岐王对他说:"你以文士的身份去谒见公主,她哪里会接见你!你能听我的话吗?"王维说:"我恭谨地听你的教诲。"岐王拿出锦绣做的衣服,艳丽华美、奇特不群,让王维穿上,并带着琵琶,一起来到公主的府邸。岐王进去对公主说:"我趁着你从宫内出来的机会,带着好酒,还有音乐来献给你。"公主下令准备宴席,酒令依次进行。王维青春年少、皮肤洁白、风姿俊美,站在行列中,公主回头看他,对岐王说:"这个人是谁啊?"岐王回答说:"他是个懂得音乐的人。"就让王维独奏进献新曲子,王维的琵琶声调哀切,满座之人都改变了容色。公主问:"这个曲子叫什么名字?"王维说:"叫《郁轮袍》。"公主非常惊奇。岐王说:"这个人不只精通音乐,诗词文章,也没有人能超过他。"公主更为惊奇,就说:"你写有什么文章吗?"王维就把怀里的

贡举

诗词卷轴呈献给公主。公主读了王维的诗，非常吃惊地说："这都是我儿子所朗诵学习的，我常认为是古人的好诗文，竟然是你作的啊？"于是让他换了衣服，坐在客位的首席。王维俊美飘逸，谈吐潇洒，言语幽默，被达官贵人们钦慕赞叹。岐王趁机说："如果今年京兆的考试，让王维做第一，绝对是全国的光荣。"公主说："那为什么不让他去参加考试呢？"岐王说："这人得不到举荐做第一，是不肯应试的，现在听说公主已经举荐了张九皋。"公主笑着说："关他什么事，本来也是受他人所托。"公主回头对王维说："你确实要进取的话，我一定为你尽力得到。"王维谦恭地致谢。公主就把主考官叫到府里，叫她的使女传话说明，王维于是得了第一名，一下子进士及第了。等到后来做太乐丞，教舞女们跳黄狮子舞，被罢官。黄狮子舞不是一个人就不能跳的。天宝末年，安禄山攻陷西京长安，王维和郑虔、张通等人都在安禄山那里担任伪职。张洎收复长安

后,把他们都关押在宣杨里杨国忠原来的府第。崔圆于是把王维叫到自己家,让他在墙壁上作画。当时都认为崔圆有功且尊贵,无人能比,都希望他能解救,所以王维作画构思奇巧,使出绝技。后来因为这件事,他们都得到宽恕恩典;至于被贬谪出京,也能去一个好地方。现在的崇义里丞相窦易直府第,就是崔圆的旧宅,壁画还在那里。王维多次升迁做了给事中,安禄山授给王维伪官。等到安禄山被平定后,弟弟王缙担任北都副留守,请求以他的官爵为王维赎罪,王维因此被免去死刑,还多次升迁担任尚书右丞。后来,王维在蓝田置办房子产业,潜心研究佛教经典。

 读后感悟

王维为盛唐名家,诗画音律俱佳。安史之乱,身陷贼手,屈任伪职,心向唐室,虽有小疵,大节未亏。

杜牧

 **原文诵读**

崔郾(yǎn)侍郎既拜命,于东郡试举人。三署公卿,皆

祖于长乐传舍，冠盖之盛，罕有加也。时吴武陵任太学博士，策蹇而至。郾闻其来，微讶之。及离席与言，武陵曰："侍郎以峻德伟望，为明天子选才俊，武陵敢不薄施尘露。向者偶见大学生数十辈，扬眉抵掌读一卷文书。就而观之，乃进士杜牧《阿房宫赋》。若其人，真王佐才也。侍郎官重，恐未暇披览。"于是缙笏（jìn hù），朗宣一遍。郾大奇之。武陵请曰："侍郎与状头。"郾曰："已有人。"武陵曰："不然，则第三人。"郾曰："亦有人。"武陵曰："不得已，即第五人。"郾未遑对，武陵曰："不尔，却请此赋。"郾应声曰："敬依所教。"既即席，白诸公曰："适吴太学以第五人见惠。"或曰："为谁。"曰："杜牧。"众中有以牧不拘细行问之者，郾曰："已许吴君，牧虽屠狗，不能易也。"崔郾东都放榜，西都过堂。杜紫微诗曰："东都放榜未花开，三十三人走马回。秦地少年多酿酒，即将春色入关来。"（出《摭言》）

 译文

侍郎崔郾接受任命，在东都洛阳做主考官。三省的公卿都在长乐旅馆会集，车马众多，盛况空前。当时吴武陵担任太学博士，他骑着瘸驴前来。崔郾听说他到来，稍微有些惊讶。等到离开坐席同他说话时，吴武陵说："侍郎你凭借高尚的美德、盛大的声望，为皇帝选取人才，我怎么能不帮你略尽微力呢？我先前偶然看到几十名太学生在高声朗读一卷文书。靠近

一看，原来是进士考生杜牧的《阿房宫赋》。这个人真是有辅佐君王的才华。侍郎位高权重，恐怕没时间读这篇文章。"于是从袖中取出笏板，高声朗读一遍。崔郾感到非常奇特。吴武陵请求说："请侍郎你让他做第一名。"崔郾说："已经有人了。"吴武陵说："那么，第三名。"崔郾说："也已经有人。"吴武陵说："实在不得已，第五名吧。"崔郾没来得及回答，吴武陵就说："如果还不行，把这篇赋拿来还我。"崔郾立即说："我恭敬地依从您的教诲。"崔郾就座后，对在座的公卿们说："刚才吴太学惠赐给我一位第五名。"有人问："是谁？"崔郾回答说："杜牧。"这些人中有人说杜牧这个人不拘小节，崔郾说："我已经答应了吴武陵，杜牧即使是个杀狗的屠夫，也不能更改了。"崔郾在洛阳放榜，进士们在长安过堂。杜牧作诗说："东都放榜未花开，三十三人走马回。秦地少年多酿酒，即将春色入关来。"

读后感悟

杜郎俊赏，出身名门，一篇《阿房宫赋》流传千年。

卢尚卿

 原文诵读

咸通十一年，以庞勋盗据徐州，久屯戎卒，连年飞挽，物力方虚，因诏权停贡举一年。是岁，进士卢尚卿自远至关，闻诏而回，乃赋《东归》诗曰："九重丹诏下尘埃，深琐文闱罢选才。桂树放教遮月长，杏园终待隔年开。自从玉帐论兵后，不许金门谏猎来。今日霸陵桥上过，关人应笑腊前回。"（出《年号记》）

唐懿宗咸通十一年，因为庞勋占据徐州，长期驻扎军队，连年战争，国库空虚，朝廷于是下诏书，停止一年的贡举。这一年，进士考生卢尚卿由远方来到关口，听到诏命返回故乡，于是写了一首《东归诗》："九重丹诏下尘埃，深琐文闱罢选才。桂树放教遮月长，杏园终待隔年开。自从玉帐论兵后，不许金门谏猎来。今日霸陵桥上过，关人应笑腊前回。"

 读后感悟

科举，是古代读书人一生的追求。

铨选

刘林甫

 **原文诵读**

唐武德初,因隋旧制,以十一月起选,至春即停。至贞观二年,刘林甫为吏部侍郎,以选限促,多不究悉,遂奏四时听选,随到注拟。当时以为便。(出《唐会要》)

 **译文**

唐高祖李渊武德初年,承袭隋朝旧有的制度,在十一月开始选官,到春天就停止。到了唐太宗贞观二年,刘林甫担任吏部侍郎,认为这样做时间短促,大多不能详细了解人员情况,于是上奏一年四季都听凭选官,随到随批。当时人都认为方便。

 读后感悟

古代的选官制度在汉朝已有,但是直至隋朝才确定了科举选官制度,唐朝沿袭隋制,小有变革。

李林甫

 原文诵读

张九龄在相位,有謇谔匪躬之诚。玄宗既在位年深,稍怠庶政。每见帝,无不极言得失。李林甫时方同列,闻帝意,阴欲中之。时欲加朔方节度使牛仙客实封,九龄因称其不可,甚不叶帝意。他日,林甫请见,屡陈九龄颇怀诽谤。于时方秋,帝命高力士持白羽扇以赐,将寄意焉。九龄惶恐,因作赋以献;又为《归燕》诗以贻林甫,其诗曰:"海燕何微眇,乘春亦暂来。岂知泥滓贱,只见玉堂开。绣户时双入,华轩日几回。无心与物竞,鹰隼（sǔn）莫相猜。"林甫览之,知其必退,恚（huì）怒稍解。九龄泊裴耀卿罢免之日,自中书至月华门,将就班列,二人鞠躬卑逊,林甫处其中,抑扬自得。观者窃谓一雕挟两兔。俄而诏张裴为左右仆射,罢知政事。林甫视其诏,大怒曰:"犹为左右丞相邪?"二人趋就本班,林甫目送之。公卿已下视之,不觉股栗。（出《明皇杂录》）

 **译文**

张九龄在宰相的位子上时,有正直刚毅、尽职尽责的诚

心。唐玄宗在位时间长了之后,对朝政稍稍有些懈怠。张九龄每次见到皇帝,没有不极力上奏朝廷政务得失的。当时李林甫才与张九龄同列为官,他了解到皇帝的心意,想暗地里中伤张九龄。当时要对朔方节度使牛仙客进行实封,张九龄趁机上奏说不可以,很是不合皇帝的心意。另一天,李林甫请求觐见皇帝,多次陈说张九龄内心有怨恨之言。当时才立秋,皇帝命高力士拿着白羽扇赐给张九龄,以此寄寓皇帝的心意。张九龄慌张恐惧,于是作了一篇赋进献给皇帝;又写了一首《归燕诗》赠送给李林甫,这首诗说:"海燕何微眇,乘春亦暂来。岂知泥滓贱,只见玉堂开。绣户时双入,华轩日几回。无心与物竞,鹰隼莫相猜。"李林甫看到这首诗,知道张九龄一定会退缩,愤怒才稍有缓解。张九龄和裴耀卿被罢免那天,从中书省到月华门,站在班列之中,二人鞠躬时非常谦卑,李林甫也在其中,自得傲慢。旁观者私下说,这是一雕射两兔。不一会儿皇帝下诏,任命张九龄、裴耀卿为左右仆射,罢免了他的宰相的职务。李林甫看到诏书,大怒说:"这不还是左右丞相吗?"张、裴二人疾步回到班列,李林甫目送他们。公卿以下的诸官看到这种情况,都觉两腿颤抖。

 读后感悟

张九龄为一代名相,遭遇李林甫之徒也会恐慌退缩,奸臣之祸乱朝廷甚矣。

将帅

李靖

 原文诵读

贞观十四年，侯君集、薛万钧等破高昌，降其王麴（qū）智盛，执之，献捷于观德殿。以其地为西州，置交河、柳中等县。其界东西八百里，南北五百里。汉戊己校尉之地。初突厥屯兵浮图城，与高昌为影响。至是惧而来降，其地为延州。突厥颉利可汗使执失思力入朝谢罪，请为蕃臣。太宗遣唐俭等持节出塞安抚之。李靖、张公谨于定襄谋曰：诏使到彼，虏必自宽。选精骑，赍二十日粮，乘间掩袭，遇其斥候，皆以俘随，奄到纵击。遂灭其国，获义城公主，虏男女十万，颉利乘千里马奔于西偏。灵州行军张宝相，擒之以献。（出《谭宾录》）

 **译文**

唐太宗贞观十四年，侯君集、薛万钧等将领攻破高昌国，收降了高昌国王曲智盛，捆住他，在观德殿表功。把高昌设为西州，设置了交河、柳中等县。其州界东西八百里，南北五百里。汉代时这是戊己校尉之地。当初，突厥在浮图城屯兵，与高昌城相呼应。到了现在，由于惧怕才投降了，其地为延州，

突厥的颉利可汗派执失思力进朝谢罪，请求做唐朝的蕃臣。唐太宗派遣唐俭等人持使者印信出塞安抚他们。李靖、张公谨在定襄谋议：受诏的使者到了那里，突厥的戒备必然松弛。他们选择精良的骑兵，带着二十天的粮食，趁这机会出击，在路上遇到侦察兵，俘虏了他并让他跟随，接近延州突然发起进攻。于是灭了突厥国，抓获了义城公主，俘虏男女十万人。颉利可汗乘坐千里马向西逃跑。灵州行军张宝相抓获他并进献给了朝廷。

 读后感悟

唐太宗英明神武，侯君集、李靖等群臣足智多谋，造就了大唐盛世。

骁勇

秦叔宝

 原文诵读

唐太宗每临阵，望贼中骁将骁士，炫耀人马，出入来去者，颇病之。辄命秦叔宝取之。叔宝应命跃马，负枪而进，必刺之于万众之中，人马俱倒。及后叔宝居多疾病，谓人曰："吾少长戎马，前后所经二百余阵，屡中重疮，计吾出血亦数斛矣，何能不病乎？"（出《谭宾录》）

 **译文**

唐太宗李世民每次来到阵地，看到敌阵中骁勇的将士，炫耀人马，出来进去，他就很烦恼。于是命令秦叔宝去敌营中攻取他们。秦叔宝便领命上马，背着长枪前去，他一定能在敌阵万人之中刺中将军，让人马全都倒下。后来，秦叔宝有很多疾病，对人说："我年少时就开始了戎马生活，前后经历过二百多次对阵打仗，屡负重伤，计算一下我出的血也有好几升了，怎么能没病呢！"

 读后感悟

秦琼，隋末唐初的英雄人物，更有画其图像作门神者。

薛仁贵

  原文诵读

唐太宗征辽东，驻跸(bi)于阵。薛仁贵著白衣，握戟橐(tuó)鞬，张弓大呼，所向披靡。太宗谓曰："朕不喜得辽东，喜得卿也。"后率兵击突厥于云州。突厥先问唐将为何，曰："薛仁贵也。"突厥曰："吾闻薛仁贵流会州死矣，安得复生？"仁贵脱兜鍪见之，突厥相视失色，下马罗拜，稍遁去。（出《谭宾录》）

 **译文**

唐太宗皇帝征讨辽东,在阵前停留。薛仁贵穿着白色的衣服,手握着戟,身背着箭囊,拉开弓大声呼喊,所向披靡。唐太宗对他说:"我得到辽东并不高兴,高兴的是得到爱卿你啊。"后来,薛仁贵率领士兵在云州攻击突厥。突厥战前询问唐朝的将领是谁,回答说:"是薛仁贵。"突厥说:"我听说薛仁贵被流放到会州死掉了,怎么又活了呢?"薛仁贵去掉头盔看他们,突厥人相互对视,大惊失色,下马行礼,渐渐逃跑离开了。

 读后感悟

薛仁贵为唐初一大名将,虽无秦琼、侯君集之盛名,亦为一位杰出将领。唐太宗尝云:"天下英雄尽入彀中。"非只文士,武将亦然。

豪侠

虬髯客

原文诵读

隋炀帝之幸江都也,命司空杨素守西京。素骄贵,又以时乱,天下之权重望崇者,莫我若也。奢贵自奉,礼异人臣。每公卿入言,宾客上谒,未尝不踞床而见,令美人捧出,侍婢罗列,颇僭于上。末年益甚。一日,卫公李靖以布衣来谒,献奇策。素亦踞见之。靖前揖曰:"天下方乱,英雄竞起,公为帝室重臣,须以收罗豪杰为心,不宜踞见宾客。"素敛容而起,与语大悦,收其策而退。当靖之骋辩也,一妓有殊色,执红拂,立于前,独目靖。靖既去,而拂妓临轩,指吏问曰:"去者处士第几?住何处?"吏具以对,妓颔而去。靖归逆旅,其夜五更初,忽闻扣门而声低者,靖起问焉,乃紫衣戴帽人,杖揭一囊。靖问:"谁?"曰:"妾杨家之红拂妓也。"靖遽延入,脱衣去帽,乃十八九佳丽人也。素面华衣而拜。靖惊。答曰:"妾侍杨司空久,阅天下之人多矣,未有如公者。丝萝非独生,愿托乔木,故来奔耳。"靖曰:"杨司空权重京师,如何?"曰:"彼尸居余气,不足畏也。诸妓知其无成,去者众矣。彼亦不甚逐也。"计之详矣,幸无疑焉。问其姓,曰:"张。"问伯仲之次,曰:"最长。"观其肌肤仪状,言词气性,真天人也。靖不自意获之,益喜惧,瞬息万虑不安,而窥户者足无停履。既数日,闻追访之声,意亦非峻,乃雄服乘马，排闼而去。将归太原，行次灵石旅舍。既设床，炉中烹肉且熟，张氏以发长委地，立梳床前；靖方刷马。忽有一人，中形，赤髯(rán)而虬(qiú)，乘蹇驴而来，投革囊于炉前，取枕欹(qī)卧，看张氏梳头。靖怒甚，未决，犹刷马。张氏熟观其面，一手握发，一手映身摇示，令勿怒。急急梳头毕，敛袂(mèi)前问其姓。卧客曰："姓张。"对曰："妾亦姓张，合是妹。"遽拜之，问第几？曰："第三。"问妹第几？曰："最长。"遂喜曰："今日多幸。遇一妹。"张氏遥呼曰："李郎且来拜三兄。"靖骤拜。遂环坐。曰："煮者何肉？"曰："羊肉，计已熟矣。"客曰："饥甚。"靖出市买胡饼，客抽匕首，切肉共食。食竟，余肉乱切炉前食之，甚速。客曰："观李郎之行，贫士也，何以致斯异人？"曰："靖虽贫，亦有心者焉。他人见问，固不言。兄之问，则无隐矣。"具言其由，曰："然则何之？"曰："将避地太原耳。"客曰："然吾故非君所能致也。"曰："有酒乎？"靖曰："主人西则酒肆也。"靖取酒一斗。酒既巡，客曰："吾有少下酒物，李郎能同之乎？"靖曰："不敢。"于是开革囊，取出一人头并心肝。却收头囊中，以匕首切心肝共食之。曰："此人乃天下负心者，衔之十年，今始获，吾憾释矣。"又曰："观李郎仪形器宇，真丈夫，亦知太原之异人乎？"曰："尝见一人，愚谓之真人，其余将相而已。""其人何姓？"曰："同姓。"曰："年几？"曰："近二十。""今何为？"曰："州将之爱子也。"曰："似矣，亦须见之，李郎能致吾一见否？"曰："靖之友刘文静者与之狎，因文静见之可也。兄欲何为？"曰："望气

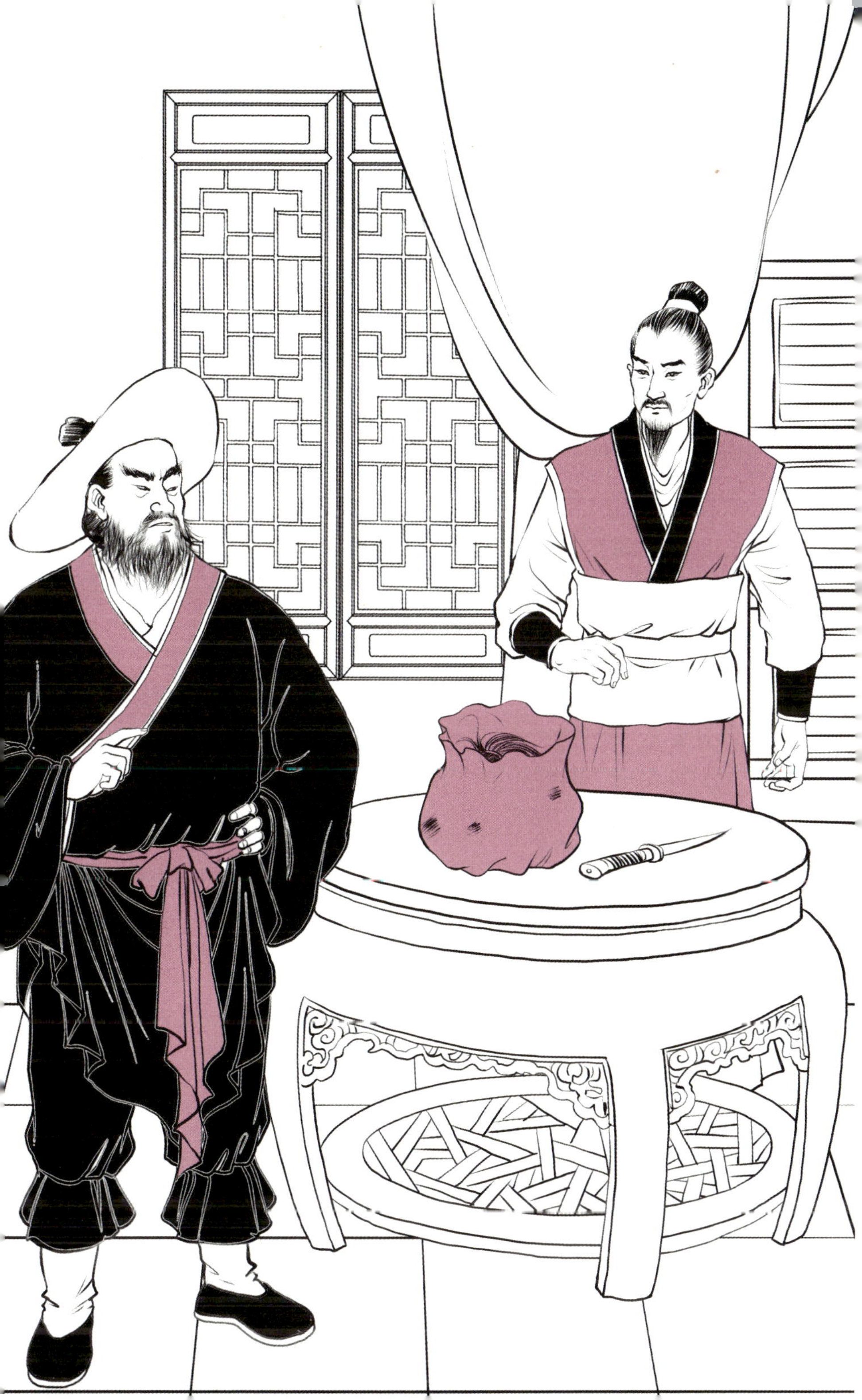

者言太原有奇气，使吾访之。李郎明发，何时到太原？"靖计之："某日当到。"曰："达之明日方曙，我于汾阳桥待耳。"讫，乘驴而其行若飞，回顾已远。靖与张氏且惊惧。久之曰："烈士不欺人，固无畏，但速鞭而行。"及期，入太原，候之相见，大喜，偕诣刘氏。诈谓文静曰："以善相思见郎君。"迎之。文静素奇其人，方议论匡辅，一旦闻客有知人者，其心可知，遽致酒延焉。既而太宗至，不衫不履，裼裘而来，神气扬扬，貌与常异。虬髯默居坐末，见之心死。饮数巡，起招靖曰："真天子也。"靖以告刘，刘益喜自负。既出，而虬髯曰："吾见之，十八九定矣；亦须道兄见之。李郎宜与一妹复入京，某日午时，访我于马行东酒楼下，下有此驴及一瘦骡，即我与道兄俱在其所也。"公到，即见二乘，揽衣登楼，即虬髯与一道士方对饮。见靖惊喜，召坐，环饮十数巡。曰："楼下柜中有钱十万，择一深隐处，驻一妹毕，某日复会我于汾阳桥。"如期登楼，道士虬髯已先坐矣。共谒文静。时方弈棋，揖起而语心焉。文静飞书迎文皇看棋。道士对弈。虬髯与靖旁立为侍者。俄而文皇来，长揖而坐，神清气朗，满坐风生，顾盼暐（wěi）如也。道士一见惨然，下棋子曰："此局输矣，输矣。于此失却局，奇哉。救无路矣，知复奚言？"罢弈请去。既出，谓虬髯曰："此世界非公世界也，他方可图，勉之，勿以为念。"因共入京。虬髯曰："计李郎之程，某日方到。到之明日，可与一妹同诣某坊曲小宅。愧李郎往复相从，一妹悬然如磬，欲令新妇祗谒，略议从容，无令前却。"言毕，吁嗟而去。靖亦策马遄征，俄即到京，与张氏同往，乃一小板门，扣之，有应者拜曰："三郎令候一娘子李郎久矣。"延入重门，门益壮丽，奴婢三十余人罗列于前。奴二十人引靖入东厅，非人间之物。巾妆梳枱毕，请更衣，衣又珍奇。既毕，传云三郎来，乃虬髯者，纱帽褐裘，有龙虎之姿。相见欢然，催其妻出拜，盖天人也。遂延中堂，陈设盘筵之盛，虽王公家不侔（móu）也。四人对坐，牢馔毕，陈女乐二十人，列奏于前，似从天降，非人间之曲度。食毕行酒，而家人自西堂舁出二十床，各以锦绣帕覆之。既呈，尽去其帕，乃文簿钥匙耳。虬髯谓曰："尽是珍宝货泉之数，吾之所有，悉以充赠。何者？某本欲于此世界求事，或当龙战三二年，建少功业。今既有主，住亦何为。太原李氏真英主也，三五年内，即当太平。李郎以英特之才，辅清平之主，竭心尽善，必极人臣。一妹以天人之姿，蕴不世之略，从夫之贵，荣极轩裳。非一妹不能识李郎，非李郎不能遇一妹。圣贤起陆之渐，际会如期，虎啸风生，龙腾云萃，固当然也。将余之赠，以奉真主，赞功业。勉之哉！此后十余年，东南数千里外有异事，是吾得志之秋也。妹与李郎可沥酒相贺。"顾谓左右曰："李郎一妹，是汝主也。"言毕，与其妻戎装乘马，一奴乘马从后，数步不见。靖据其宅，遂为豪家，得以助文皇缔构之资，遂匡大业。贞观中，靖位至仆射。东南蛮奏曰："有海贼以千艘，积甲十万人，入扶余国，杀其主自立，国内已定。"靖知虬髯成功也，归告张氏，具礼相贺，沥酒东南祝拜之。乃知真人之兴，非英雄所冀，况非英雄乎？人臣之谬思乱，乃螳螂之拒走轮耳。或曰："卫公之兵法，半是虬髯所传也。"（出《虬髯传》）

译文

隋炀帝到江都游览，命令司空杨素在西京留守。杨素骄横显贵，又因为当时大乱，天下的那些权位重而威望崇高的人，都不如他。他骄奢淫逸，礼数与一般的人臣不同。每当官员们进言，宾客拜访时，他都是倚在床上接见，让美女抬出来，婢女罗列两旁，礼仪几乎超过了皇帝。到了隋朝末年，他更加骄横。有一天，卫公李靖穿着平民衣服来见他，进献奇策。杨素也倚在床上见他。李靖向前行礼说："天下适逢大乱，各地英雄竞起，你作为皇帝的重要大臣，内心应该想着收罗天下英雄豪杰，不应该倚在床上会见宾客。"杨素收敛了傲慢的表情，站起来与李靖交谈，谈过后，他很高兴，接受李靖所献之策，李靖便退了出去。在李靖和杨素交谈时，旁边站着一个姬女，容貌美丽，手拿红拂，全神贯注地盯着李靖。李靖离开后，她靠着窗户，指着询问一个小吏说："离开的那位处士是谁？住在什么地方？"小吏一一相告，姬女点头离开。李靖回到旅店，那夜五更初时，忽然听到有人敲门和低声呼唤，李靖起身询问，却见一个穿紫衣、戴帽子的人，手里拿的杖上挂着一只皮袋，李靖问："你是谁？"那人说："我是杨素家的姬女红拂。"李靖请她进来。她脱去外衣，摘掉帽子，竟然是一位十八九岁的美丽姑娘。她素面华服，向李靖行礼。李靖感到惊奇。姑娘说："我在杨司空家很久，看到过很多有名气的，却没见过像你这样的人。作为女孩，终归要有一个归宿，所以我才奔着你来了。"李靖说："杨司空在京师有很大的权力，怎么样？"姑娘说："他只不过是一个行尸走肉，没什么可怕的，诸姬知道他不会有什么成就，走了很多，他也不去追寻。"李靖听姑娘的言谈没什么可怀疑的地方。问她的姓氏，姑娘说："姓张。"又问排行，她说："最大。"看这姑娘的肌肤、仪表、形态、言词、气质，真是像天仙一样！李靖没想到能得到这样的姑娘，既高兴，又害怕，一时间心绪万端，有些不安。偷看这姑娘的人接连不断。几天之后，听说追查得也并不急切，二人于是骑马，推门离开。将要回到太原，走到灵石旅店住下了。这天，正铺好床，炉中煮的肉将要熟了，张氏站在床前梳头，长发拖地，李靖正在刷马。忽然有一个人，中等身材，长了一脸卷曲的红胡子，骑着一头瘸驴到来，他把皮口袋扔在炉前，当作枕头躺在那里，看张氏梳头。李靖很生气，但是没有发作，还在刷马。张氏仔细看李靖的脸色，一手握着头发，一手向李靖暗示摆手，让他不要生气。她急忙梳完了头，提起衣上前询问那人的姓名，躺着的那人说姓张。张氏说："我也姓张，我是妹妹。"说着向那人一拜。又问那人排行第几？那人说："第三。"那人问："妹妹排行第几？"张氏答："最长。"那人高兴地说，今天很幸运，遇到了一妹。张氏招呼李靖："李郎快来拜三兄。"李靖很快地过来叩拜。而后，三人团团而坐，那人问："煮的什么肉？"回答说："羊肉，已经熟了。"客人说："我很饿。"李靖出来到街市上买了胡饼回来，客人抽出匕首切肉，大家一起吃。吃完后，还剩一些肉，那人切了，在炉前吃了，特别快。客人说："我看李郎是一个穷人，怎么娶了这么好的一个妻子呢？"李靖说："我虽然清贫，但我是

个正人君子,别人问我,我都没有说。兄长你问了,也就不隐瞒了。"李靖便详细地说了一遍。那人问:"你打算上哪去?"李靖说:"我想回太原避一避。"那人说:"但是我有事,不能和你一起去了。"又问:"有酒吗?"李靖说:"旅馆西边就有酒馆。"李靖去拿了一斗酒回来。酒过数巡后,那人说:"我有点下酒之物,李郎能和我一起享用吗?"李靖说:"不敢。"于是那人打开了皮口袋,取出来的竟是一个人头和心肝。他又把头装回袋中,用匕首切开那心肝,一起吃了。那人说:"这是天下忘恩负义者的心,我含恨十年,今天才报了仇,我的遗憾消除了。"又说:"我看李郎仪表非凡、器宇轩昂,是真正的大丈夫,你听说太原有特殊人物吗?"李靖说:"我曾经见过一个人,我看他是个真正的人物,其余的只不过是将相之才。""这人姓什么?"李靖回答:"和我同姓。""多大年龄?"李靖回答:"将近二十。""他现在干什么?"李靖回答:"他是太原州将的爱子。"那人说:"很像啊,我要见他,李郎能不能让我见他一面?"李靖说:"我的朋友刘文静和他很要好,通过刘文静就可以见到他,你想做什么?"那人说:"望气者说太原有奇特的云气,让我寻访那云气。李郎明天出发,什么时候能到太原?"李靖计算了路程说:"某日应该能到。"那人说:"到达后的第二天天亮时分,我在汾阳桥等你们。"说完,那人骑着驴像飞似的走了,回头看时,他已走了很远。李靖和张氏感到既惊且怕。过了好久,说:"正直的人不会欺骗别人,不用害怕,只要快马加鞭前行就可以了。"到了约定的日子,他们到达太原,那人正在汾阳桥上等候,很高兴,三人一同去拜访刘文静。李靖骗刘文静说:"我很想念你,想见

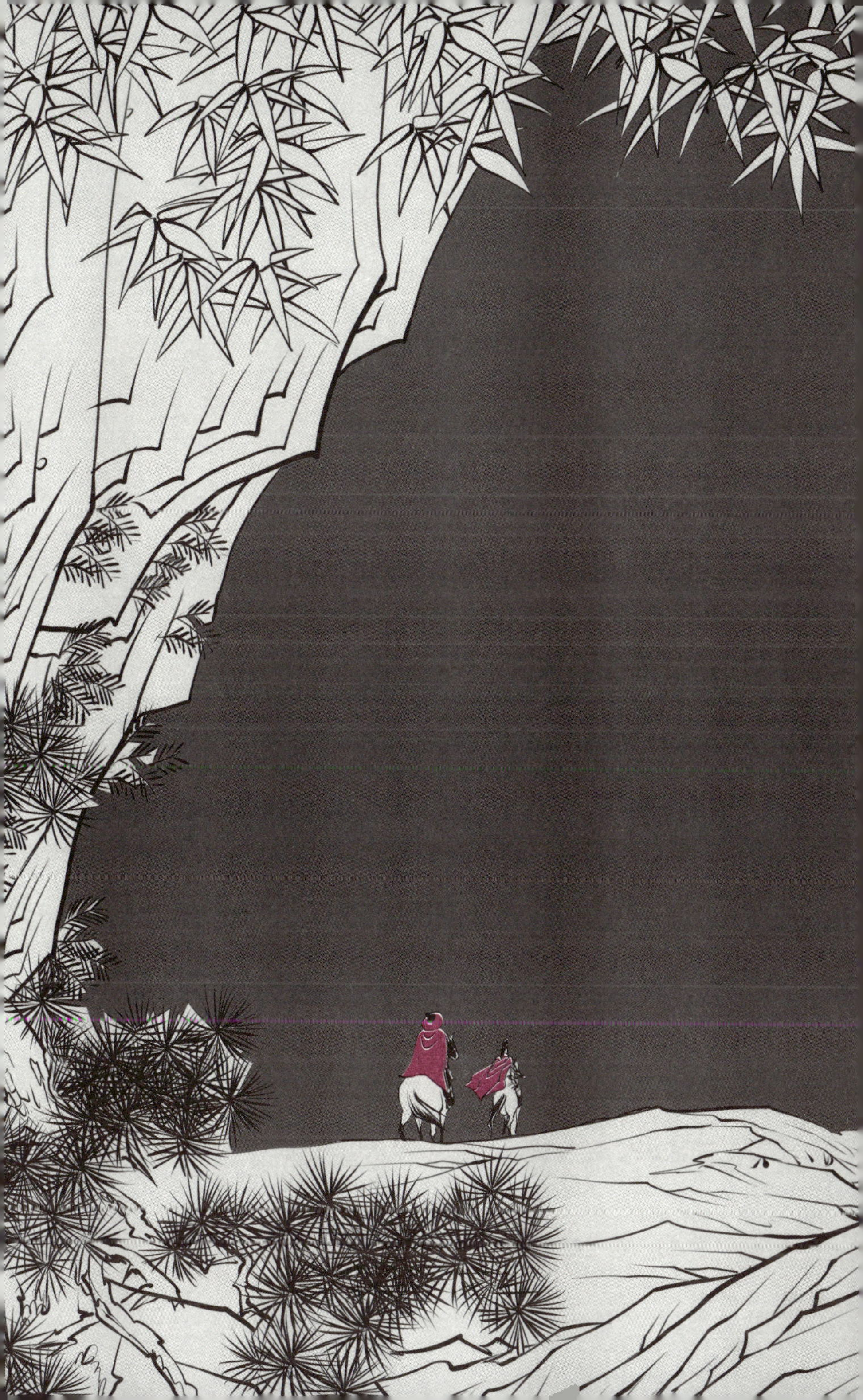

见你。"刘文静出来迎接。他向来就认为李靖特别,见面后便议论起国家大事,知道来客和李靖是好朋友,都是知己,于是摆酒设宴。不一会儿,唐太宗李世民来了,他不修边幅,敞着怀,神气昂扬,面貌不同常人。虬髯客却沉默不语地坐在后边,见到了李世民,他已经万念俱灰。喝过数巡后,虬髯客招过李靖说:"这才是真正的天子啊!"李靖告诉了刘文静,刘文静非常高兴,他走出来时,虬髯客说:"我看见了,就定了十之八九;还须道兄看一看。李郎和义妹还要回京,等某日中午时分,在马行东酒楼找我,楼下有我骑的这头驴和一匹瘦骡子,那就是我和道兄在那里。"李靖夫妇到京后,很快找到了这里,见了这驴、骡,他们提起衣服上楼,见虬髯客与一道士对饮。虬髯客见李靖来了,非常惊喜,招呼他入座,轮流喝过十数巡。虬髯客说:"楼下柜中有十万钱,你选择一个隐蔽的地方藏起来,让义妹住在那里,这事办完后,你在某一天再在汾阳桥上与我相见。"李靖按预定时间到了,虬髯客和道士已经先坐在了那里,他们一同去拜访刘文静,他正在弈棋,刘文静起身寒暄。刘文静写信请李世民来看棋。刘文静和道士对弈,虬髯客和李靖站在两旁。一会儿,李世民来了,行礼之后坐下,他神清气朗,笑意风生,顾盼左右,两目生辉。道士一见,面露凄惨,下了一颗棋子说:"这局输了,输了!在这里输了,奇怪啊,没有方法补救了。还有什么可说的呢?"他停止下棋了,请求离开。出来后,虬髯客说:"这个世界不是你的世界,你到别的地方想办法吧,愿你自勉,也不用过多地思虑。"他们准备同回京城,虬髯客对李靖说:"我算了李郎的行程,某日能到京城。到后的第二天，可与义妹同到一个胡同中的小房去找我。我很惭愧让李郎往返好几次，让义妹独守空房，这次想让你们见面亲近，从从容容，不要让再像以前一样退后。"说完，虬髯客感慨着离开。李靖也策马扬鞭，很快到了京城，与张氏一同去到虬髯客说的那个地方，见到一个小板门，叩门，有人出来说："是三郎让我在这里恭候娘子和李郎的，已经等了很久了。"进了第二道门，就非常壮丽了，有三十多个奴婢列队站在两旁。二十个奴仆领李靖夫妇进入东厅，东厅里不是人间应有的摆设。梳洗之后，二人更衣换装。有人传呼，三郎来了！是虬髯客，他头戴纱帽，身穿褐裘，大有龙虎的姿态。相见后非常高兴，虬髯客催促他的妻子出来拜见，其妻美若天仙。二人把李氏夫妇请到了中堂，陈设的豪华和丰盛，王公贵族之家也比不上。四人对坐，酒菜上齐之后，有二十个女子乐师，上前演奏，像是从天而降的仙女，曲子也不是人间的乐曲。吃完后行酒令，他的家人从西堂屋抬出二十个大案子，桌子都盖着绣花帕巾。抬到面前后，全部揭开了帕巾，是一些账簿和钥匙。虬髯客对李靖说："这都是我的珍宝钱财的账目，全都赠送给你吧。这是为什么呢？我本想在这个世界上创一番事业，大干三两年，建立一些功业。现在，既然已经有了真龙天子，我在这没什么作为了。太原的李世民真是英主啊，三五年之内，国家就可以太平。李郎应该以你卓越的才华辅佐清平之主，只要你竭心尽职，一定会超过一般大臣，义妹既具有天人之姿，又有非同一般的谋略，你跟着李郎，一定能享荣华富贵。这真是，非义妹不能识李郎，非李郎不能遇义妹。圣贤之辈开始出现，你们遇上了好时机，

真是龙腾虎啸，群英荟萃，这也是理所当然的事。我送给你的这些东西，是让你用来为真主建功立业做些贡献的，希望你们多努力。今后十年里，如果东南数千里外发生了特殊事情，那就说明我实现了愿望，义妹李郎可洒酒为我祝贺。"说完，他回头对手下人说："李郎义妹从今往后就是你们的主人了。"说完，他和妻子戎装骑马离开，一个家奴骑马跟随，几步后就不见了。李靖住到他的住宅，成为富豪之家。他用虬髯客所赠资产帮助李世民创建大业。贞观年间，李靖官至仆射，东南部上奏皇帝说："有海盗凭借一千多艘船只，十万多人马进占了扶余国，杀其主而自立为王，现在国内已经平定。"李靖知道，这是虬髯客成功了。他回家后告诉张氏，二人准备礼物庆贺，向东南方洒酒祈祷。于是知道，真人的兴起，不是英雄所能预料到的，何况还不是英雄的呢？人臣错误地谋划叛乱，也只能是螳螂的手臂阻挡滚滚的车轮罢了。也有人说："卫公李靖的兵法，一半都是虬髯客所传授的。"

读后感悟

《虬髯客》本是传奇，虽为虚构假托，但亦引人入胜。李靖在隋末见杨素，红拂女随之夜奔，而后结识虬髯客。虬髯客真是奇人，豪迈慷慨，胸有争夺天下之志，而拜服于太宗皇帝，后自立为扶余国王。其他人物虽用极少笔墨，无不跃然纸上，令人浮想联翩。

豪侠

聂隐娘

原文诵读

聂隐娘者,唐贞元中,魏博大将聂锋之女也。年方十岁,有尼乞食于锋舍,见隐娘悦之。云:"问押衙乞取此女教?"锋大怒,叱尼。尼曰:"任押衙铁柜中盛,亦须偷去矣。"及夜,果失隐娘所向。锋大惊骇,令人搜寻,曾无影响。父母每思之,相对涕泣而已。后五年,尼送隐娘归。告锋曰:"教已成矣,子却领取。"尼欻亦不见,一家悲喜。问其所学,曰:"初但读经念咒,余无他也。"锋不信,恳诘。隐娘曰:"真说又恐不信,如何?"锋曰:"但真说之。"曰:"隐娘初被尼挈,不知行几里。及明,至大石穴之嵌空数十步,寂无居人,猿狖(yòu)极多,松萝益邃(suì)。已有二女,亦各十岁,皆聪明婉丽不食。能于峭壁上飞走,若捷猱登木,无有蹶失。尼与我药一粒,兼令长执宝剑一口,长二尺许,锋利,吹毛令剌,逐二女攀缘,渐觉身轻如风。一年后,刺猿狖,百无一失。后刺虎豹,皆决其首而归。三年后能飞,使刺鹰隼,无不中。剑之刃渐减五寸。飞禽遇之,不知其来也。至四年,留二女守穴,挈我于都市,不知何处也。指其人者,一一数其过曰:'为我刺其首来,无使知觉。'定其胆,若飞鸟之容易也。受以羊角匕首,刀广三寸。遂白日刺其人于都市,人莫能见。以首入囊,返主

人舍，以药化之为水。五年，又曰：'某大僚有罪，无故害人若干。夜可入其室，决其首来。'又携匕首入室，度其门隙，无有障碍，伏之梁上。至瞑，持得其首而归。尼大怒曰：'何太晚如是！'某云：'见前人戏弄一儿可爱，未忍便下手。'尼叱曰：'已后遇此辈，先断其所爱，然后决之。'某拜谢。尼曰：'吾为汝开脑后藏匕首，而无所伤，用即抽之。'曰：'汝术已成，可归家。'遂送还。云：'后二十年，方可一

见。'"锋闻语甚惧，后遇夜即失踪，及明而返。锋已不敢诘之，因兹亦不甚怜爱。忽值磨镜少年及门，女曰："此人可与我为夫。"白父，父不敢不从，遂嫁之。其夫但能淬镜，余无他能。父乃给衣食甚丰，外室而居。数年后，父卒。魏帅稍知其异，遂以金帛署为左右吏。如此又数年。至元和间，魏帅与陈许节度使刘昌裔不协，使隐娘贼其首。引娘辞帅之许。刘能神算，已知其来，召衙将，令来日早至城北，候一丈夫一女子，各跨白黑卫。至门，遇有鹊前噪夫，夫以弓弹之，不中，妻夺夫弹，一丸而毙鹊者。揖之云："吾欲相见，故远相祗迎也。"衙将受约束，遇之。隐娘夫妻曰："刘仆射果神人，不然者，何以洞吾也，愿见刘公。"刘劳之。隐娘夫妻拜曰："合负仆射万死。"刘曰："不然，各亲其主，人之常事。魏今与许何异，顾请留此，勿相疑也。"隐娘谢曰："仆射左右无人，愿舍彼而就此，服公神明也。"知魏帅之不及刘。刘问其所须。曰："每日只要钱二百文足矣。"乃依所请。忽不见二卫所之，刘使人寻之，不知所向。后潜收布囊中，见二纸卫，一黑一白。后月余，白刘曰："彼未知住，必使人继至。今宵请剪发，系之以红绡，送于魏帅枕前，以表不回。"刘听之。至四更却返曰："送其信了，后夜必使精精儿来杀某，及贼仆射之首。此时亦万计杀之，乞不忧耳。"刘豁达大度，亦无畏色。是夜明烛，半宵之后，果有二幡子一红一白，飘飘然如相击于床四隅。良久，见一人自空而踣，身首异处。隐娘亦出曰"精精儿已毙。"拽出于堂之下，以药化为水，毛发不存矣。隐娘曰："后夜当使妙手空空儿继至。空空儿之神术，人

莫能窥其用，鬼莫得蹑其踪。能从空虚之入冥，善无形而灭影。隐娘之艺，故不能造其境，此即系仆射之福耳。但以于阗玉周其颈，拥以衾，隐娘当化为蠛蠓(miè měng)，潜入仆射肠中听伺，其余无逃避处。"刘如言。至三更，瞑目未熟，果闻颈上铿然，声甚厉。隐娘自刘口中跃出，贺曰："仆射无患矣。此人如俊鹘，一搏不中，即翩然远逝，耻其不中。才未逾一更，已千里矣。"后视其玉，果有匕首划处，痕逾数分。自此刘转厚礼之。自元和八年，刘自许入觐，隐娘不愿从焉。云："自此寻山水，访至人，但乞一虚给与其夫。"刘如约。后渐不知所之。及刘薨于统军，隐娘亦鞭驴而一至京师，枢前恸哭而去。开成年，昌裔子纵除陵州刺史，至蜀栈道，遇隐娘，貌若当时，甚喜相见，依前跨白卫如故。语纵曰："郎君大灾，不合适此。"出药一粒，令纵吞之。云来年火急抛官归洛，方脱此祸。吾药力只保一年患耳。纵亦不甚信，遗其缯彩，隐娘一无所受，但沉醉而去。后一年，纵不休官，果卒于陵州。自此无复有人见隐娘矣。(出《传奇》)

译文

聂隐娘，是唐代贞元年间，魏博大将聂锋的女儿。聂隐娘才十岁时，有一个尼姑到聂锋家要饭，见到了隐娘，特别喜爱。她说："押衙（指聂锋）能不能将女儿交给我，让我教育她？"聂锋很愤怒，斥责尼姑。尼姑说："押衙就是把女儿装在铁柜中,我也能偷走啊。"等到晚上,隐娘果然丢失了。聂锋大吃一惊,让人搜求寻找,一点消息也没有。父母每每思念女儿,只是相对哭泣。五年后,尼姑把隐娘送回,并告诉聂锋说:"我已经把她教成了,把她送还给你。"尼姑须臾之间就不见,一家人悲喜交加。询问女儿学到了什么,说:"也就是读经念咒,也没学别的东西。"聂锋不相信,又恳切地询问。隐娘说:"我说真话恐怕你们也不信,那怎么办?"聂锋说:"你就说真话吧。"隐娘说:"我刚被尼姑带走时,也不知走了多少里路,天亮时,到一大石穴中,穴中没人居住,猿猴很多,树林茂密。这里已有两个女孩,也都是十岁,都很聪明美丽。她们不吃东西,能在峭壁上飞行奔跑,像猴爬树一样轻捷,没有闪失。尼姑给我一粒药,又给了我一把二尺长的宝剑,剑刃特别锋利,毛发放在刃上,一吹就断。我跟着那两个女孩学攀缘,渐渐感觉自己身轻如风。一年后,学刺猿猴,百发百中。后来又刺虎豹,都是割掉脑袋拿回来。三年后能飞了,学着刺老鹰,没有刺不中的。剑刃渐渐减少了五寸长,飞禽遇到我,有来无回。到了第四年,她留下二女守洞穴,领我去城市,我也不知是什么地方。她指着一个人,把这人的罪过一一说了一遍,说,'为我把他的头割回来,不要让他发觉。'镇定下来,就像鸟飞那么容易。她给我一把羊角匕首,三寸长。我于是大白天在城市把那人刺死,没有人能看见,把他的头装在囊中,返回主人的洞穴,用药物把那头化为水。第五年,尼姑又说:'某个大官有罪,无辜害死很多人,你可晚间到他的房中,把他的头割来。'于是,我就带着匕首到那房中,从门缝中进去,

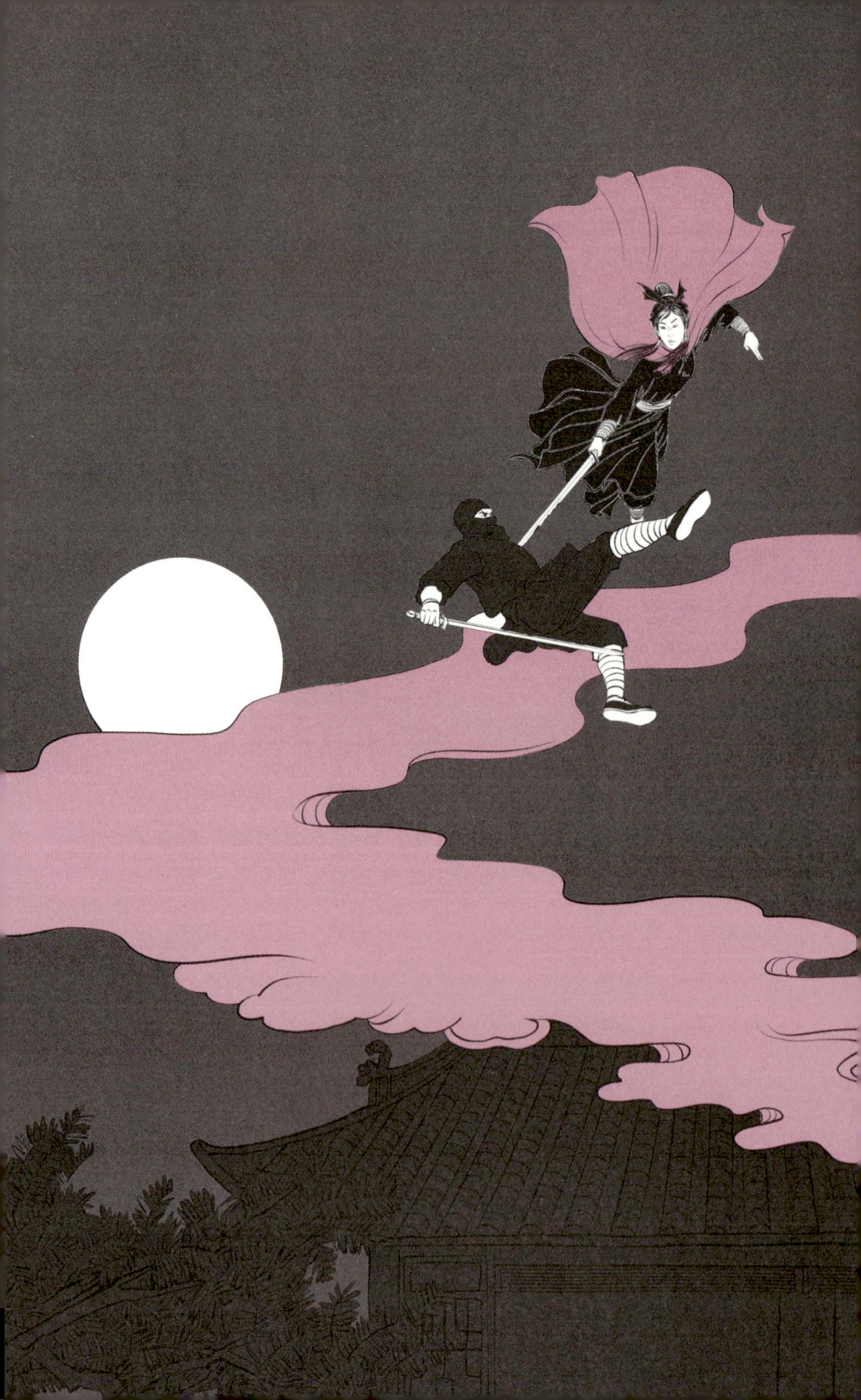

一点障碍也没有,我爬到房梁上,直到天亮,才把那人的头拿回来。尼姑大怒说:'怎么这么晚才回来?'我说:'我看那个人在逗弄一个可爱的小孩玩,我没忍心下手。'尼姑斥责说:'以后遇到这样的事,先杀了孩子,断其所爱,然后再杀他。'我便请罪。尼姑说:'我把你的后脑打开,把匕首藏在里面,不会伤着你,用时就抽出来。'又说:'你的武艺已经学成,可以回家了。'于是把我送回来了。她还说,二十年后,才能一见。"聂锋听了隐娘的话,心中很惧怕。以后每到夜晚隐娘就失踪,等到天亮才回来。聂锋也不敢追问她,因此对隐娘也不太疼爱怜惜了。忽然有一天,一个磨镜的少年来到聂家门前,隐娘说:"这个人可以做我的丈夫。"她告诉父亲,父亲也不敢不从命。于是隐娘便嫁给了那少年。她丈夫只能做镜子,其他的不会干。父亲于是供给他们很丰厚的衣服食物,让他们居住在外面。几年后,父亲去世。魏帅渐渐知道了隐娘的异常,便花钱任命他们为左右吏。就这样又过了几年。到了唐宪宗元和年间,魏帅和陈许节度使刘昌裔关系不睦,派隐娘割掉刘昌裔的头颅。刘昌裔能神算,他已经知道聂隐娘要来,于是召集衙将,命令他们在隐娘来的那天早晨到城北,等各骑白驴黑驴的一男一女。到了城门,遇有鹊雀在隐娘丈夫前面聒噪,她丈夫用弹弓射,没有射中,隐娘夺来丈夫的弹弓,只用了一颗弹丸便射杀了鹊雀。她向衙将行礼说:"我们想见一见刘仆射,所以才从远道赶来。"衙将按正常礼节接待。隐娘夫妻说:"刘仆射果然是神人,不然的话,怎么知道我们要来呢。我们希望拜见刘公。"刘昌裔前来慰劳他们。隐娘夫妻拜过后说:"我们很对不起你，真是罪该万死。"刘昌裔说："不能这样说，各自亲附各自的主人，是人之常情。我和魏帅没什么不一样的，我请你们留在这里，不要有疑虑。"隐娘感谢说："仆射左右无人，我们希望舍弃那里到您这里来，我很佩服您的神机妙算。"隐娘知道魏帅不如刘公。刘昌裔询问他们需要什么。他们说："每天只要二百文钱就足够了。"于是答应了他们的要求。一天，他们骑来的两头驴忽然不见了，刘昌裔派人寻找，不知去了哪里。后来在一个布袋中，看见了两个纸驴，一黑一白。一个多月后，对刘昌裔说："魏帅不知我们在留在这里，必定派人接着来。今天请你剪些头发，用红绸布包上，送到魏帅枕前，表示我们不回去了。"刘昌裔照办。到了四更，隐娘返回来了，说："送去信了，后天晚间魏帅必派精精儿来杀死我，还要割你的头，我们也要多想办法杀了他，你不用忧愁。"刘昌裔豁达大度，毫无畏色。这天晚上，烛光通明，半夜之后，果然看见一红一白两个幡子，互相击打，飘飘然在床的四周转悠。过了很久，看见一个人从空中跌下地来，身子和头分开。隐娘也出现了，说："精精儿现在已被我打死。"她将精精儿的尸体拽到堂下，用药化成了水，连毛发都不剩。隐娘又说："后半夜，他会派空空儿来，空空儿的神术是神不知、鬼不觉，来无影、去无踪。我的武艺，本来就赶不上他，这就看仆射的福分了。你只要用于阗玉围着脖子，盖着被子，我变成一只小蚊虫，潜入你肠中等待时机，其余人不用逃避。"刘昌裔按她所说的办法做了。到了三更，刘昌裔虽然闭着眼睛却没睡着，果然听到脖子上砰的一声，声音特别大。隐娘从刘昌裔口中跳出来，祝贺说："仆射没事了。这个人像雄鹰似的，只是一搏，一搏不中他便远走高飞，他没击中，感觉很耻辱，还不到一更，他已经飞出一千多里了。"后来察看了刘昌裔脖子上的玉石，果然有匕首砍过的地方，痕迹有几分深。刘昌裔给隐娘夫妇送了厚礼。在唐宪宗元和八年，刘昌裔从陈许调到京师，隐娘不愿意跟随去京。她说："从此我要游山逛水，遍访圣贤。只求你给我丈夫一个差使便可以了。"刘昌裔照办。后来渐渐不知隐娘的去处。等到刘昌裔去世时，隐娘骑驴到了京师，在刘昌裔的灵柩前大哭后离开。唐文宗开成年间，刘昌裔的儿子刘纵担任陵州刺史，到了蜀地的栈道，遇见了隐娘，面貌仍和当年一样，还像从前那样骑一头白驴。她很高兴见到刘纵，又对刘纵说："你有大灾，不应该到这里来。"她拿出一粒药，让刘纵吃下去。并说，来年你赶紧辞官回洛阳，才能摆脱这个灾祸，我的药力只能保你一年免灾。刘纵不太相信，送给隐娘一些绸缎。隐娘什么都没有要，只是飘然离开。一年后，刘纵没有辞官，果然在陵州去世。从此以后再没有人看见过隐娘了。

读后感悟

聂隐娘，身世离奇，为尼姑所挟后成为功夫高手，身怀绝技归乡，后又为刘昌裔所折服，弃暗投明，最后报答其子而终。聂隐娘既有行侠仗义的一面，又保留有女性之温情。唐末之世，社会动荡，政局不安，英雄人物之出现亦成为人民的心愿。有此杰构，亦是自然。

博物

东方朔

原文诵读

汉武帝时,尝有独足鹤,人皆不知,以为怪异。东方朔奏曰:"此《山海经》所谓毕方鸟也。"验之果是。因敕廷臣皆习《山海经》。《山海经》伯翳所著,刘向编次作序。伯翳亦曰伯益。《书》曰:"益典朕虞。"盖随禹治水,取山海之异,遂成书。(出《尚书故实》)

译文

汉武帝时期,曾经出现过独脚鹤,人们都不知是什么鸟,认为是种怪物。东方朔上奏说:"这是《山海经》里所说的毕方

鸟啊。"经过验证果然是这样。于是汉武帝下诏书让大臣们都学习《山海经》。《山海经》是伯翳所撰著，西汉的刘向编辑并作了序言。伯翳也叫伯益，《尚书》上说："伯益的《山海经》让我快乐。"因为伯翳曾跟随大禹治水，遍采山川河海的奇异之处，于是写成此书。

读后感悟

东方朔可谓是中国历史上最早之博物家，《山海经》也可称为中国最早之博物学著作。

刘 向

原文诵读

贰负之臣曰危，与贰负杀窫窳(yà yǔ)。帝乃梏之疏属之山。桎其右足，反缚两手与发，系之山上，在开题西北，郭璞注云。汉宣帝使人发上郡磐石，石室中得一人，徒裸，被发反缚，械一足。以问，群臣莫知。刘向按此言之。宣帝大惊，由是人争学《山海经》矣。(出《山海经》)

译文

贰负的一个臣子叫危,危和贰负共杀窫窳。帝于是把危拘禁在疏属山上。把他的右脚戴上镣铐,反绑着他的两手和头发,拴在山上,地点在关提西北部。东晋的郭璞在《山海经注》中就是这样说的。汉宣帝刘询派人开采上郡的大石头,在一个石室中发现一个人,全身赤裸,披发,双手被反绑,一只脚被铐着。汉宣帝询问,大臣们没有人知道。刘向按照这个说出了本末。汉宣帝很吃惊。由此,人们争学《山海经》。

读后感悟

《山海经》一书,所涉广博,山川地理、神仙鬼怪、珍奇异兽、异域风情,无所不包,古人之智慧见识令人惊叹。

文章

司马相如

原文诵读

汉司马相如赋诗,时人皆称典而丽,虽诗人之作,不能加也。扬子云曰:"长卿赋不似从人间来,其神化所至耶?"子云学相如之赋而弗迨也,故雅服焉。相如为《上林赋》。意思萧散,不复与外物相关。控引天地,错综古今。忽然而睡,跃然而兴。几百日而后成。其友人盛览字长卿,牂牁(zāng kē)名士,尝问以作赋。相如曰:"合纂组以成文,列锦绣而为质,一经一纬,一宫一商,此赋之迹也。赋家必包括宇宙,总览人物,斯乃得之于内,不可得而博览。"乃作《合组歌》《列锦赋》而退,终身不敢言作赋之心矣。(出《西京杂记》)

译文

汉朝的司马相如赋诗,当时人都称赞他写的诗文典雅美好,即使是专门写诗的人也不能超过他。扬雄说:"司马长卿的赋不像是人间的文章,难道是神仙点化所达到的吗?"扬雄学习司马相如的赋却不能赶得上,所以对司马相如非常佩服。司马相如写作《上林赋》,思虑潇洒飘逸,不和外物关联;贯通天地,涉古及今。有时睡卧构思,灵感来时便跃然而起,过了

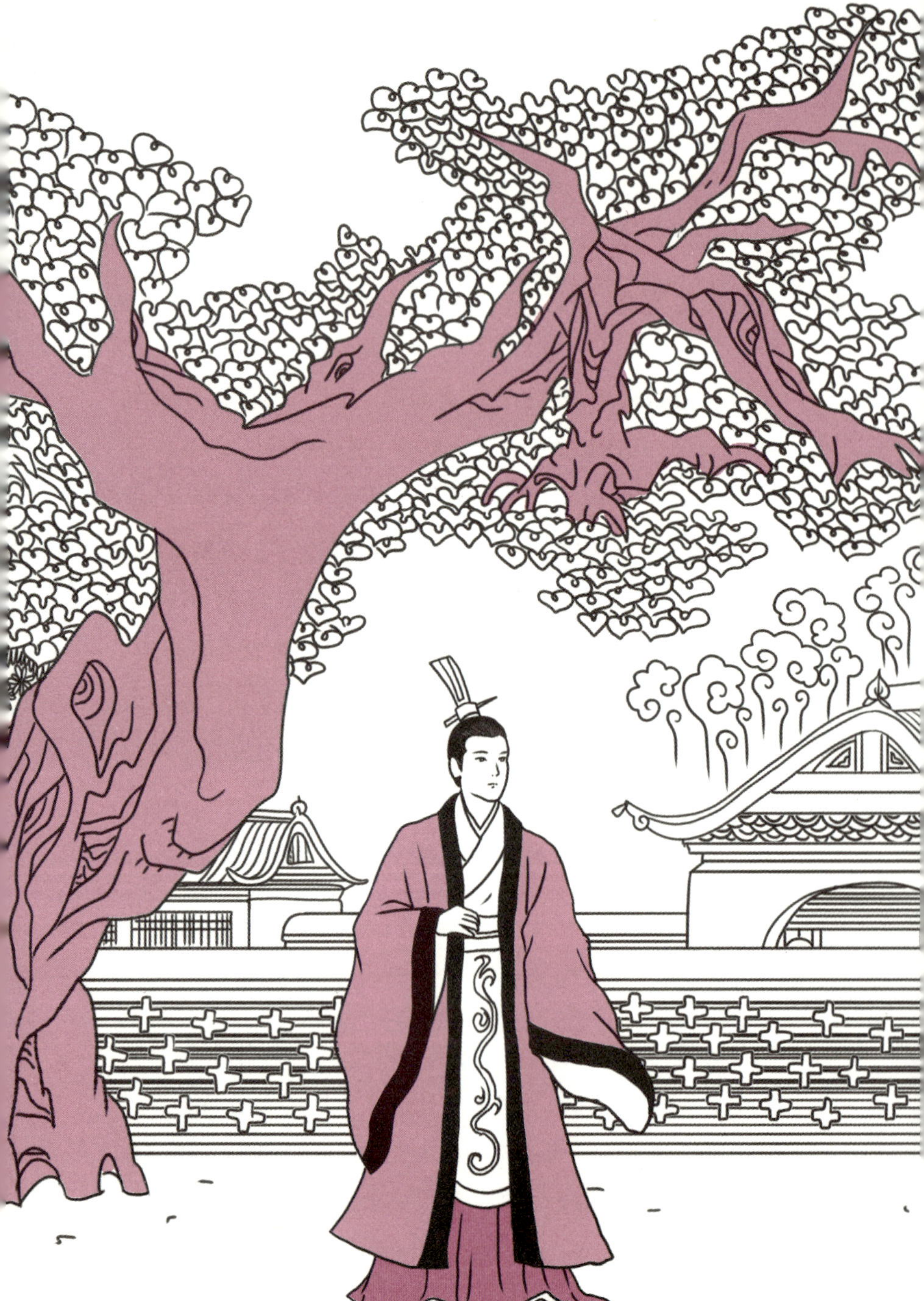

几百天后才写成。他的朋友盛览,字长卿,是牂牁一带的名士,曾问司马相如作赋的方法。司马相如说:"聚集美好的词汇以成文采,排列锦绣以成质地,文采质地,一个作经线,一个作纬线,如宫商五音交错排比,这就是赋的形式。写赋的人要有广阔的胸怀,总览世间众生相,这种广博的修养完全是在内部形成的,而不依靠博览。"盛览写完了《合组歌》《列锦赋》后,便不再写赋,也终身不敢谈作赋的心得了。

读后感悟

陆放翁诗曰:"文章本天成,妙手偶得之。"司马相如诚为汉赋大家圣手,扬雄叹服不已,以为神助,正所谓胸中沟壑乾坤,笔下锦绣千言。

温庭筠

原文诵读

唐温庭筠字飞卿,旧名岐。与李商隐齐名,时号"温李"。才思艳丽,工于小赋。每入试,押官韵作赋。凡八叉手而八韵成。多为邻铺假手,号曰"救数人"也。而士

行有缺，搢绅薄之。李义山谓曰："近得一联句云，远比赵公，三十六年宰辅，未得偶句。"温曰："何不云，近同部令，二十四考中书。"宣宗尝试诗，上句有"金步摇"，未能对，遣求进士对之。庭筠乃以"玉条脱"续也，宣宗赏焉。又药有名"白头翁"，温以"苍耳子"对。他皆此类也。宣帝爱唱《菩萨蛮》词，丞相令狐绹假其修撰，密进之，戒令勿他泄，而遽言于人，由是疏之。温亦有言云："中书内坐将军。"讥相国无学也。宣皇好微行，遇于逆旅，温不识龙颜，傲然而诘之曰："公非长史司马之流耶？"帝曰："非也。"又白："得非大参簿尉之类耶？"帝曰："非也。"谪为坊城尉。其制词曰："孔门以德行为先，文章为末。尔既德行无取，文章何以补焉。"徒负不羁之才，罕有适时之用。竟流落而死也。豳（bīn）国公杜悰自西川除淮海，庭筠诣韦曲林氏林亭，留诗云："卓氏炉前金线柳，隋家堤畔锦帆风。贪为两地行霖雨，不见池莲照水红。"豳公闻之，遗绢千匹。吴兴沈徽云："温曾于江淮为亲槚（jiǎ）楚，由是改名庭筠。又每岁举场，多为举人假手。"侍郎沈询之举，别施铺席，授庭筠，不与诸公邻比。翌日，于帘前请庭筠曰："向来策名者，皆是文赋托于学士。某今岁场中，并无假托，学士勉旃（zhān）。"因遣之，由是不得意也。（出《北梦琐言》）

译文

唐朝的温庭筠，字飞卿，以前名字叫岐，和李商隐齐名，当时人们称之为"温李"。他才思敏捷，辞藻华丽，擅长写作小赋。每次入闱考试，按照官方规定的韵脚作赋。他只要叉八次手就写成八句。他经常为邻座的考生代作文章，人们叫他"救数人"。他作为读书人行为有缺失，达官贵人都轻视他。李商隐（字义山）对他说，我近来作了一联："远比赵公，三十六年宰辅。"没有得到对仗的句子。温庭筠说："你怎么不对作'近同部令，二十四考中书'。"唐宣宗曾写有"金步摇"的句子，未能对出下句。派人请求进士们作对子。温庭筠用"玉条脱"接续，宣宗很赞赏。另有一味药叫"白头翁"，温庭筠以"苍耳子"为对，这样类似情况很多。宣宗爱唱《菩萨蛮》词，丞相令狐绹叫温庭筠代他撰词。并告诉温庭筠不要泄露这件事，温庭筠却把这事说了，因此令狐绹便疏远了他。温庭筠也说过："中书省内坐将军。"是讥讽那些宰相们没学问。宣宗喜欢微服出行，有一次遇上了温庭筠，温庭筠不认识皇帝，很傲慢地追问皇上说："你是长史、司马之流的大官吗？"皇帝说："不是。"温又问："那你是大参、簿尉之类的吧？"皇上说："不是。"后来，把温庭筠贬为坊城尉。皇帝在诏书中说："儒生应以道德行为为先，文章为末，你的品德不可取，文章再好也是弥补不上的。"温庭筠负有放荡不羁的才华，没有得到机遇被任用，最终落魄去世。酅国公杜悰从西川调到淮海，温庭筠

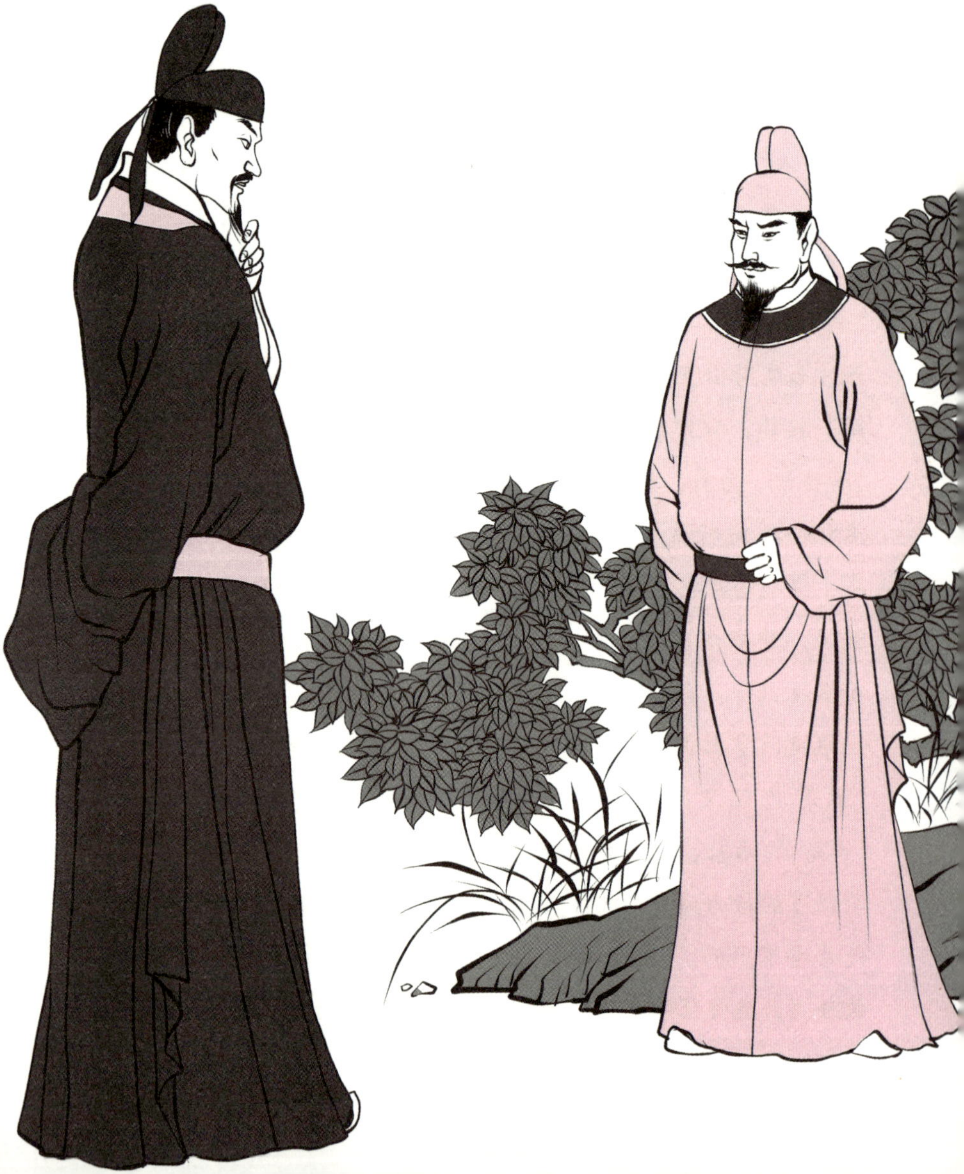

到了韦曲的林亭，写了一首诗："卓氏炉前金线柳，隋家堤畔锦帆风。贪为两地行霖雨，不见池莲照水红。"齮公看到后，赏他一千匹绢布。吴兴的沈徽说："温庭筠曾在江淮间当过老师，因此改名为庭筠。每年科举考试时，他常为考生代写文章。"侍郎沈询主持的一次考试中，为温庭筠单设了一个座位，不和其他考生相邻。第二天，在帘前对温庭筠说："以前那些应举考试的人，都是托你代作诗文，我这次的考场上，没有人托你吧。希望你自我勉励吧。"于是把温庭筠打发走了，温庭筠由此不得意。

读后感悟

温飞卿才华满腹，非寻常文人可比。成也萧何败也萧何，恃才傲物，玩世不恭，终为所累。

才名

李白

原文诵读

李太白初自蜀至京师，舍于逆旅。贺监知章闻其名，首访之。既奇其姿，又请所为文，白出《蜀道难》以示之。读未竟，称叹数四，号为谪仙人。白酷好酒，知章因解金龟换酒，与倾尽醉，期不间日，由是称誉光赫。贺又见其《乌栖曲》，叹赏苦吟曰："此诗可以泣鬼神矣。"曲曰："姑苏台上乌栖时，吴王宫里醉西施。吴歌楚舞欢未毕，西山犹衔半边日。金壶丁丁漏水多，起看秋月堕江波，东方渐高奈乐何。"或言是《乌夜啼》，二篇未知孰是。又《乌夜啼》曰："黄云城边乌欲栖，归飞哑哑枝上啼。机中织锦秦川女，碧纱如烟隔窗语。停梭向人问故夫，欲说辽西泪如雨。"白才逸气高，与陈拾遗子昂齐名，先后合德。其论诗云："梁陈已来，艳薄斯极。沈休文又尚以声律，将复古道，非我而谁欤！"玄宗闻之，召入翰林。以其才藻绝人，器识兼茂，便以上位处之，故未命以官。尝因宫人行乐。谓高力士曰："对此良辰美景，岂可独以声伎为娱。倘时得逸才词人吟咏之。可以夸耀于后。"遂命召白。时宁王邀白饮酒，已醉。既至，拜舞颓然。上知其薄声律，谓非所长。命为宫中行乐五言律诗十首。白顿首曰："宁王赐臣酒，今已醉。倘陛下赐臣无畏，始可尽臣薄技。"上曰："可。"既遣二内臣掖扶之，命研墨濡笔以授之。又命二人张朱丝栏于其前。白

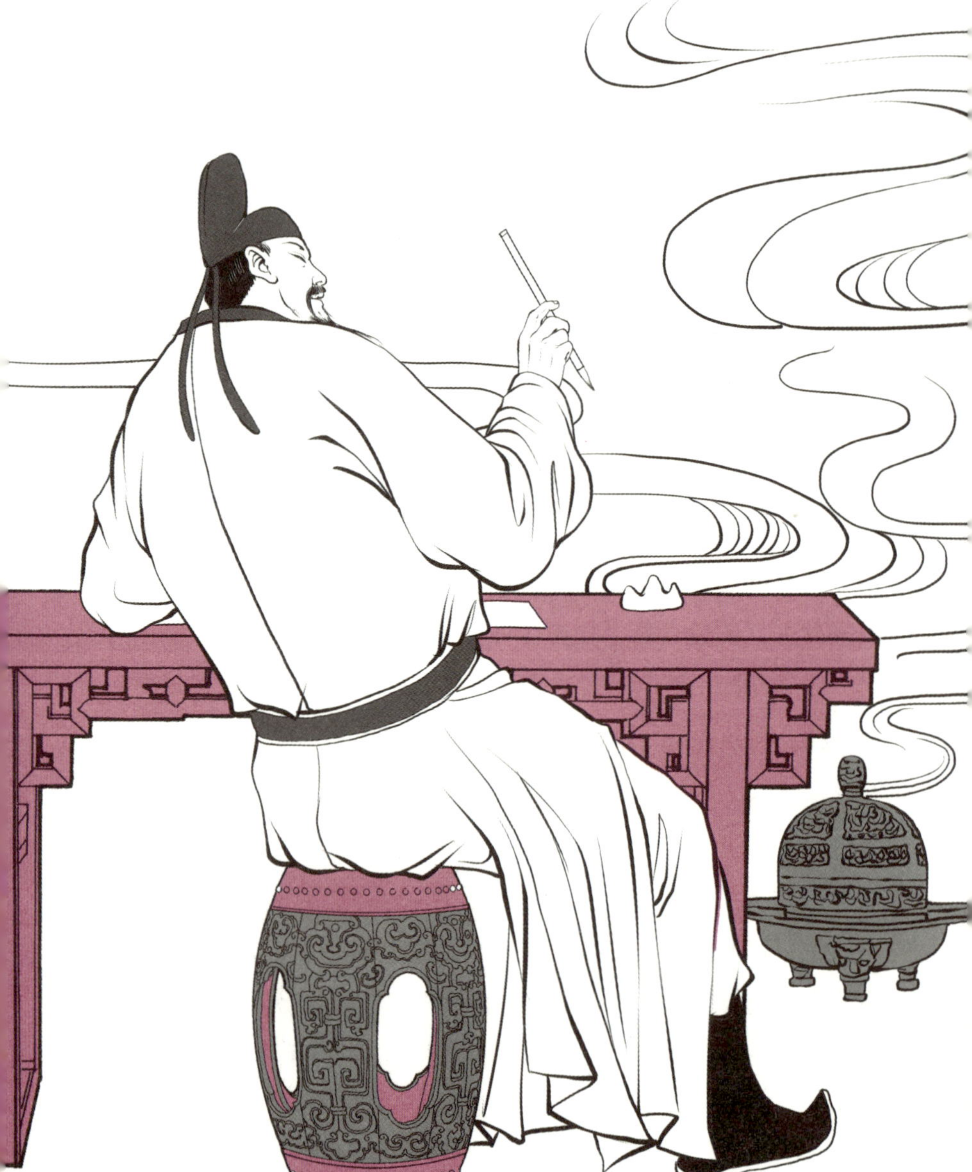

取笔抒思,略不停缀,十篇立就。更无加点,笔迹遒利,凤跱龙拿,律度对属,无不精绝。其首篇曰:"柳色黄金嫩,梨花白雪香。玉楼巢翡翠,珠殿宿鸳鸯。选妓随雕辇,征歌出洞房。宫中谁第一,飞燕在昭阳。"玄宗恩礼极厚,而白才行不羁,放旷坦率,乞归故山。玄宗亦以非廊庙器,优诏许之。尝有醉吟诗曰:"天若不爱酒,酒星不在天。地若不爱酒,地应无酒泉。天地既爱酒,爱酒胡愧焉。三杯通大道,五斗合自然。但得酒中趣,勿为醒者传。"更忆贺监知章诗曰:"欲向东南去,定将谁举杯。稽山无贺老,却棹酒船回。"后在浔阳,复为永王璘延接,累谪夜郎。时杜甫赠白诗二十韵,多叙其事。白后放还,游赏江表山水。卒于宣城之采石,葬于谢公青山。范传正为宣歙观察使,为之立碑,以旌其隧。初白自幼好酒,于兖州习业,平居多饮。又于任城县构酒楼,日与同志荒宴其上,少有醒时。邑人皆以白重名,望其重而加敬焉。(出《本事诗》)

译文

李白第一次从蜀地到京城长安,住在旅店里。秘书监贺知章听闻他的大名,首先拜访了他。贺知章为李白的相貌不凡感到惊奇,并请李白拿出诗作拜读。李白拿出《蜀道难》给贺知章看。还没有读完,就多次称赞,叫李白为"谪仙人"。李白酷爱饮酒,贺知章为此曾解下身边所系的金色换酒,和李白对饮,喝得大醉,几乎没有间断过,因此被人称赞显扬。贺知章又拜读了李白的《乌栖曲》，感叹称赏吟诵玩味道："这首《乌栖曲》可以使鬼神哭泣了！"《乌栖曲》诗说："姑苏台上乌栖时，吴王宫里醉西施。吴歌楚舞欢未毕，西山犹衔半边日。金壶丁丁漏水多，起看秋月堕江波，东方渐高奈乐何。"有人说是《乌夜啼》，这两首诗不知哪一篇是真的。另一篇《乌夜啼》里说："黄云城边乌欲栖，归飞哑哑枝上啼。机中织锦秦川女，碧纱如烟隔窗语。停梭向人问故夫，欲说辽西泪如雨。"李白才华飘逸、性情高傲，和右拾遗陈子昂齐名，一先一后，两人志向相同。李白谈论到诗歌时说："梁陈以来，诗风绮丽艳薄已达极点。沈约又只崇尚声律，能够光复古人为诗之道的，不是我李白还能有谁呢！"唐玄宗听说李白的名声，征召他进入翰林院。并因为李白才华横溢，远超他人，又仪表非凡，而给他以优厚的待遇，没有敕封他具体的官职。曾有一次宫人要演奏音乐，玄宗对高力士说："面对良辰美景，怎么可以只用乐伎奏乐为娱乐呢？倘若能有天才的词人当场吟诗填词，既增添乐趣又可向后世夸耀。"于是命宫人召见李白进宫。当时，宁王邀请李白饮酒，李白已经喝醉。来到宫中之后，飘飘忽忽地拜见玄宗。玄宗知道李白短于声律，认为不是他所擅长的，就命他为宫中的乐师作五言律诗十首。李白叩拜说："宁王赏赐臣酒喝，现在臣已经喝醉了。倘若陛下宽恕臣，使臣喝醉了也不要害怕，臣才尽献微薄的技艺。"玄宗说："可以。"立刻派两位内臣搀扶着李白，让人研墨蘸好笔给李白。又命两个内臣张开朱色丝绢摆在李白面前。李白握笔疾书，一点也不停顿，十篇五言律诗马上就写好了。而且一点不用改动，字迹遒劲锋利，如龙飞凤舞，格律对仗，没有不精美绝妙的。其中第一首说："柳色黄金嫩，梨花白雪香。玉楼巢翡翠，珠殿宿鸳鸯。选妓随雕辇，征歌出洞房。宫中谁第一，飞燕在昭阳。"唐玄宗给李白以极厚重的礼遇，然而李白倚仗才华行为不受约束，放荡率真，请求回归故乡。玄宗也认为李白不是长守朝政的栋梁之材，因此下诏书答应了他。李白曾有一首醉酒后吟的诗："天若不爱酒，酒星不在天。地若不爱酒，地应无酒泉。天地既爱酒，爱酒胡愧焉。三杯通大道，五斗合自然。但得酒中趣，勿为醒者传。"李白还有一首回忆贺知章的诗："欲向东南去，定将谁举杯。稽山无贺老，却棹酒船回。"后来李白在浔阳，又为永王李璘延请为幕僚，李璘谋反，李白受牵连被发配到夜郎。当时杜甫赠给李白二十韵诗，对这件事多有记述。李白后来被释放回来，继续在江南一带游览玩赏。最后在宣城的采石去世，被埋葬在谢公山上。范传正担任宣歙观察使时，为李白树立石碑，用来表彰李白的才华。当初李白年幼时就喜欢饮酒，在兖州学习时，平时经常饮酒。又在任城县建造一座酒楼，每天与好友纵酒，很少有清醒的时候。当地人都知道李白名声大，因他的名声大而更加敬重他。

读后感悟

李太白风流倜傥，饱读诗书，虽有澄清天下之志，却未见济世救民之才，正因如此，古代中国少了一位籍籍无名的小官员，却多了一位在艺术上登峰造极的大诗人。

怜才

怜才

韩愈

原文诵读

李贺字长吉,唐诸王孙也。父瑨肃,边上从事。贺年七岁,以长短之歌名动京师。时韩愈与皇甫湜贤贺所业,奇之而未知其人。因相谓曰:"若是古人,吾曹不知者。若是今人,岂有不知之理。"会有以瑨肃行止言者,二公因连骑造门,请其子。既而总角荷衣而出。二公不之信,因面试一篇。贺承命欣然,操觚染翰,旁若无人。仍目曰《高轩过》。曰:"华裾织翠青如葱,金环压辔摇玲珑。马蹄隐隐声隆隆,入门下马气如虹,云是东京才子、文章巨公。二十八宿罗心胸,殿前作赋声磨空。笔补造化天无功,元精耿耿贯当中。庞眉书客感愁蓬,谁知死草生华风。我今垂翅附天鸿,他日不羞蛇作龙。"二公大惊,遂以所乘马,命联镳(biāo)而还所居,亲为束发。年未弱冠,丁内艰。他日举进士,或谤贺不避家讳,文公时著《辨讳》一篇。不幸未壮室而终。(出《摭言》)

译文

李贺,字长吉,是唐代诸王的子孙。李贺的父亲叫李瑨肃,担任边上从事的官职。李贺七岁时,就凭借写作的长短句

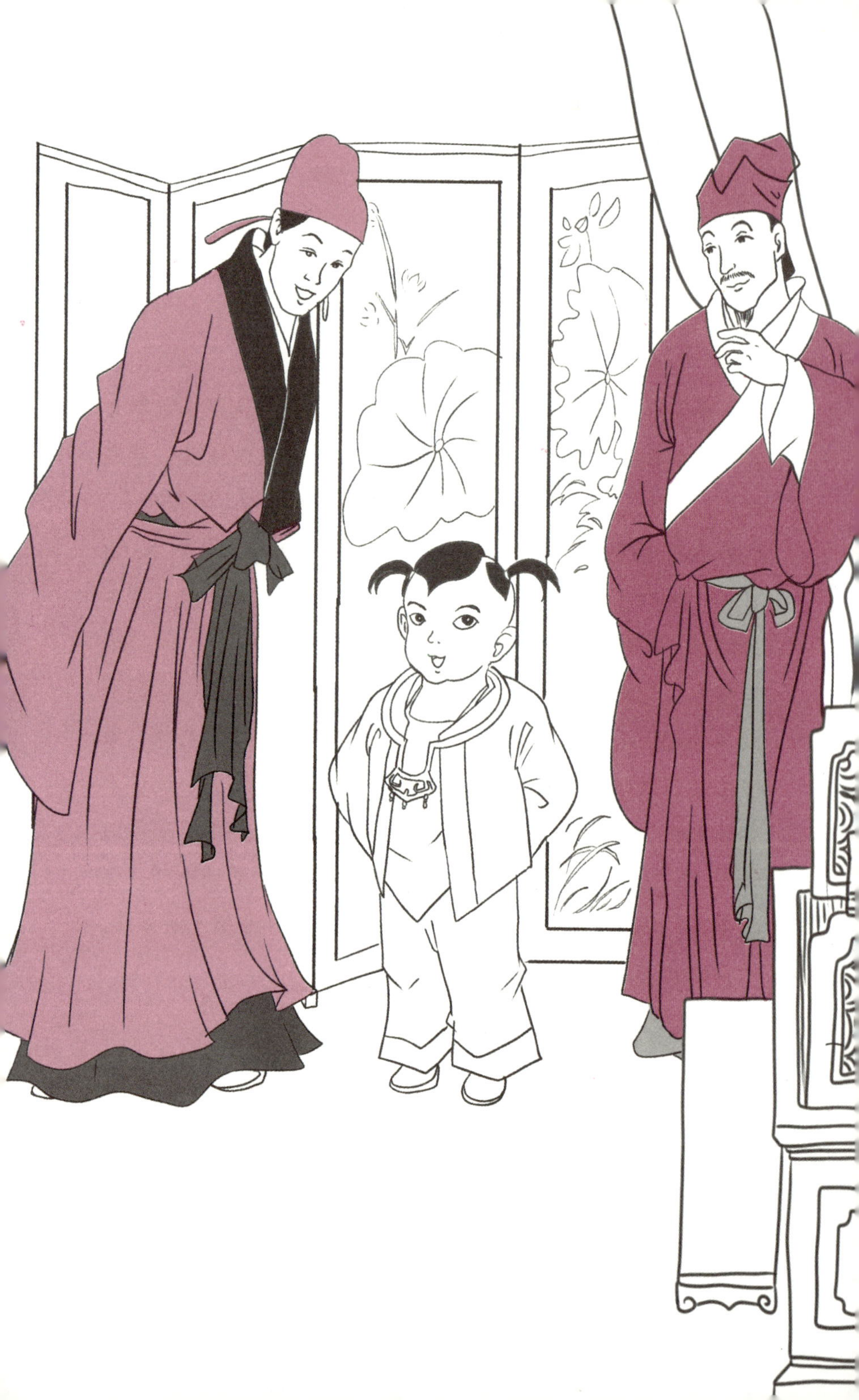

怜才

歌词名震京城。当时韩愈和皇甫湜称道李贺所写的诗文,对他感到惊奇,但是不了解李贺这个人。于是互相对对方说:"如果这人是位古人,我们可能会不了解他。如果是现在的人,哪有不了解他的道理。"恰逢有人告知李瑨肃的住处,韩愈、皇甫湜两人于是骑马去拜访,请求见见李瑨肃的儿子。很快,扎着小羊角辫、披着衣服的李贺就出来相见。两人不相信李贺的才华,于是当面测试,让他写一篇文章。李贺高兴地答应了,拿起笔来,旁若无人地写起来。题目叫作《高轩过》。文章写道:"华裾织翠青如葱,金环压辔摇玲珑。马蹄隐隐声隆隆,入门下马气如虹,云是东京才子、文章巨公。二十八宿罗心胸,殿前作赋声磨空。笔补造化天无功,元精耿耿贯当中。庞眉书客感愁蓬,谁知死草生华风。我今垂翅附天鸿,他日不羞蛇作龙。"二人大惊,于是就用所骑的马载着李贺回到住处,亲自为李贺梳头、扎头发。李贺还没到二十岁时,为母亲守丧。后来参加进士考试,有人诽谤李贺不避他父亲的名讳参加进士考试,("瑨"与"进"同音)韩愈当时写了一篇《辨讳》为李贺辩驳。不幸的是,李贺还不到三十岁就去世了。

读后感悟

李贺身处晚唐末世,虽是皇室远裔,满腹才华,然终不能抗拒世俗,为人所谗,忧郁不适,抱恨而终。

乐

乐

师延

原文诵读

师延者，殷之乐工也。自庖皇以来，其世遵此职。至师延精述阴阳，晓明象纬，终莫测其为人。世载辽绝，而或出或隐。在轩辕之世，为司乐之官。及乎殷时，总修三皇五帝之乐，抚一弦之琴，则地祇皆升。吹玉律，则天神俱降。当轩辕之时，已年数百岁，听众国乐声，以审世代兴亡之兆。至夏末，抱乐器以奔殷。而纣淫于声色，乃拘师延于阴宫之内，欲极刑戮。师延既被囚繁，奏清商流徵调角之音，司狱者以闻于纣，犹嫌曰："此乃淳古远乐，非余可听悦也。"犹不释。师延乃更奏迷魂淫魄之曲，以欢修夜之娱，乃得免炮烙之害。闻周武王兴师，乃越濮流而逝。或云，其本死于水府。故晋卫之人镌石铸金图画以象其形，立祠不绝矣。（出《王子年拾遗记》）

译文

师延，是殷朝的乐工。自庖牺氏以来，他们家族世世代代承袭着这个职务。到了师延，能够精确地讲述出阴阳之声，判明象纬的含义，人们始终也不了解师延这个人。他历经的世代

久远，有时出现有时隐没。在轩辕氏时，师延是掌管音乐的官员。到了殷商时，他全面修订了三皇五帝时的乐章，弹拨一弦琴，就能让地神都出来听。吹奏玉律，则天神都降临倾听。在轩辕氏时，师延已经有好几百岁了，他能从各国的乐声中判断出世代兴亡的预兆。到了夏朝末年，他抱着乐器投奔殷商。但是当时殷纣王沉溺于声色之中，竟然将师延幽拘在阴宫中，准备处以极刑。师延在阴宫中演奏清商流徵调角等雅乐，看守阴宫的狱卒已在纣王宫里听到过，于是厌烦地说："这些都是很久以前的淳朴的乐音，不是我们这样的人可以享受的啊！"仍然不释放他。师延又改奏迷魂淫魄的靡靡之音，用这种音乐来表现长夜的欢娱，使看守他的狱吏们听得神迷心荡，他乘机逃出来，得以避免遭受炮烙这种刑罚。师延听说周武王发动军队讨伐纣王，于是准备涉过濮水，却不幸沉没在水中。有人说，师延死在水府里。所以晋国、卫国的民众镌石铸金刻画师延的图像，不断有人为师延建立祠庙供奉他。

读后感悟

《礼记》说："治世之音安以乐，其政和；乱世之音怨以怒，其政乖；亡国之音哀以思，其民困。"此言得之。

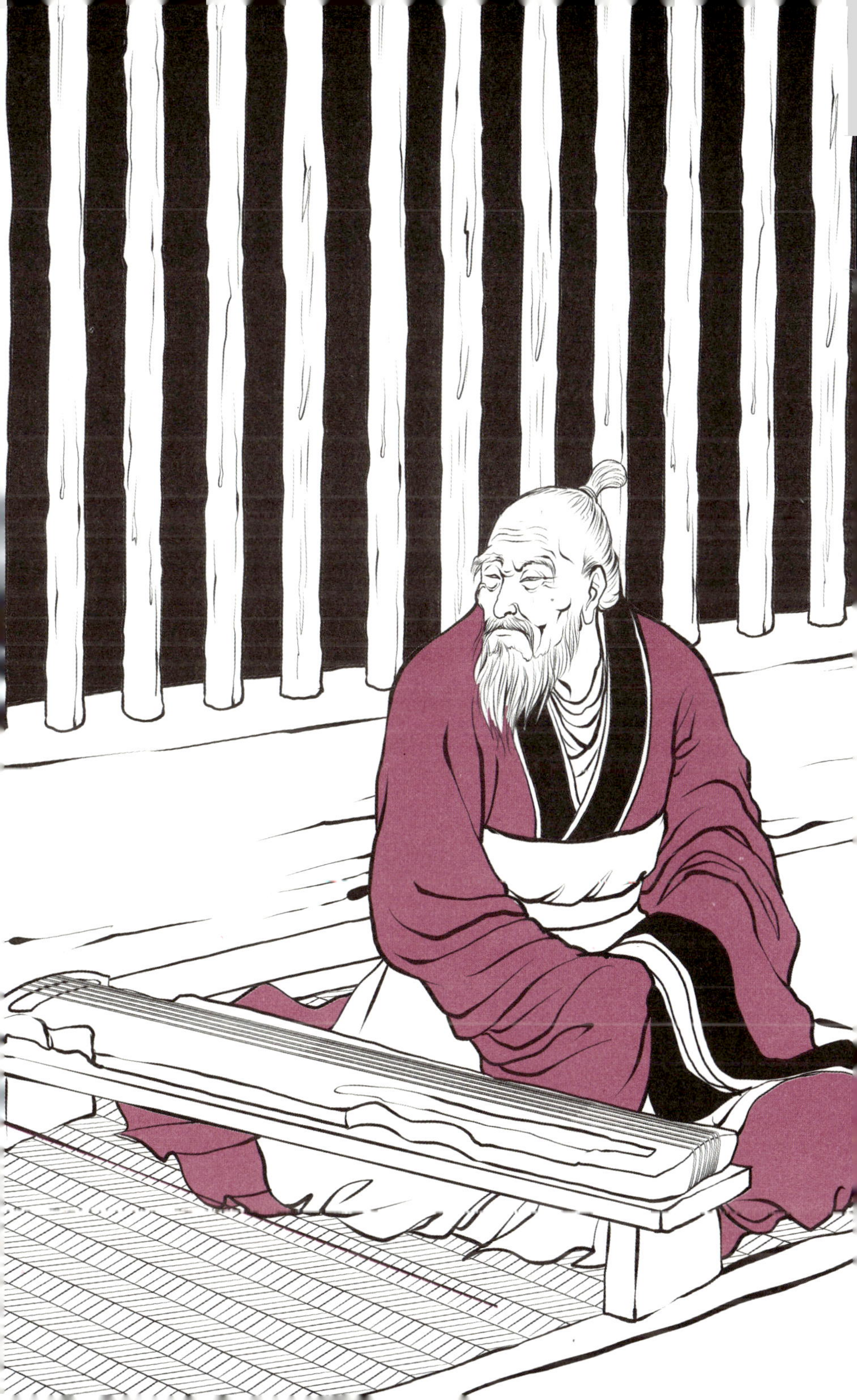

曹王皋

原文诵读

嗣曹王皋有巧思,精于器用。为荆州节度使,有羁旅士人怀二卷,欲求通谒。先启于宾府,观者讶之曰:"岂足尚耶。"士曰:"但启之,尚书当解矣。"及见,皋捧而叹曰:"不意今日获逢至宝。"指其刚匀之状,宾坐唯唯,或腹非之。皋曰:"诸公未必信。"命取食柈(pán),自选其极平者。遂重二卷于柈心,以油注卷满,而油不浸漏,相盖契际也。皋曰:"此必开元天宝中供御卷,不然无以至此。"问其所自,客曰:"先人在黔,得于高力士家。"众方深伏。(出《羯鼓录》)

译文

曹王李皋思虑精巧,对各种乐器都很精通。李皋担任荆州节度使时,有一位暂居这里的读书人,怀揣着二卷鼓皮,请求通报求见。他先打开给李皋的幕宾们看,看的人惊讶地说:"这有什么值得夸耀的!"这人说:"只管打开,节度使看了它一定会理解的。"等到李皋接见他时,捧着鼓皮赞叹说:"没想到今天能见到这珍贵的宝物!"接着,指出这两副卷制作得钢硬均匀,宾客们点头称是,但有人心里狐疑。李皋说:"诸位不一定相信。"下令取来食盘，李皋亲手挑选出特别平整的，将两卷重叠置放在食盘上，让人将油倾入卷中，直到注满为止。油一点也没有渗漏出来，证明卷与食盘相合的一点缝隙没有。李皋说："这两副羯鼓卷定然是开元、天宝年间，向朝廷供奉的御卷。不然没有这么好的。"李皋询问这位读书人从哪里弄来的，这人回答说："我的先人在黔中，是从高力士家得到的。"众人才深深佩服李皋。

读后感悟

世家大族子弟往往于学术、技艺上多有精通，见识多广，曹王李皋更是不凡。

书

李斯

原文诵读

秦丞相李斯曰："上古作大篆，颇行于世，但为古远，人多不能详。今删略繁者，取其合体，参为小篆。"斯善书，自赵高已下，咸见伏焉。刻诸名山，碑玺铜人，并斯之笔。书秦望纪功石，乃曰："吾死后五百三十年，当有一人，替吾迹焉。"斯妙篆，始省改之为小篆，著《苍颉篇》七章。虽帝王质文，世有损益，终以文代质，渐就浇醨。则三皇结绳，五帝画象，三王肉刑，斯可况也。古文可为上古，大篆为中古，小篆为下古。三古为实，草隶为华。妙极于华者羲、献，精穷其实者籀（zhòu）、斯。始皇以和氏之璧，琢而为玺，令斯书其文。今泰山、峄山及秦望等碑，并其遗迹，亦谓传国之伟宝，百世之法式。斯小篆入神，大篆入妙。李斯书，知为冠盖，不易施乎。（出《书评》《书断》）

译文

秦国丞相李斯说："上古人创制大篆，在世间颇为流行，只是这种文字因为古朴遥远，大多人都不能识别。现在对大篆删繁就简，保留下来合理的，参照着制作小篆。"李斯擅长书法，

自赵高往下，都很佩服他。他的字刻在有名的山上，石碑、印玺、铜人上的刻字，也都出自李斯的手笔。李斯曾书刻秦望纪功石，说："我死后五百三十年，当有一人代替我的手迹。"李斯知道大篆的精微，才晓得怎样将它改造成小篆，著有《苍颉篇》七章。虽然古代帝王有文雅有质朴，世代有所增加或减损，最终还是由文雅取代了质朴，风俗渐渐淡薄。三皇结绳记事，五帝画图，三王肉刑，这些都是可以比照的。古文字是上古时期的文字，大篆是中古时期的文字。小篆是下古时期的文字。三古时期的文字是果实，草隶就如同花朵。将文字的华美发展到极致的是晋时的王羲之、王献之，精心研究、深入探讨文字的实质与精髓的，是史籀、李斯。始皇帝用和氏璧雕成玉玺，命令李斯书写印文。现在泰山、峄山以及秦望等碑，都有李斯遗留下来的书法印迹，也可以说是传世的国宝，百世后人书法的楷模。李斯的小篆字形出神入化，大篆结构精妙无比。李斯的书法，是历代书法的冠冕，不容易被学习效仿。

读后感悟

李斯书法，百代范式。《书断》称其"画如铁石，字若飞动，骨气丰匀，方圆妙绝"。

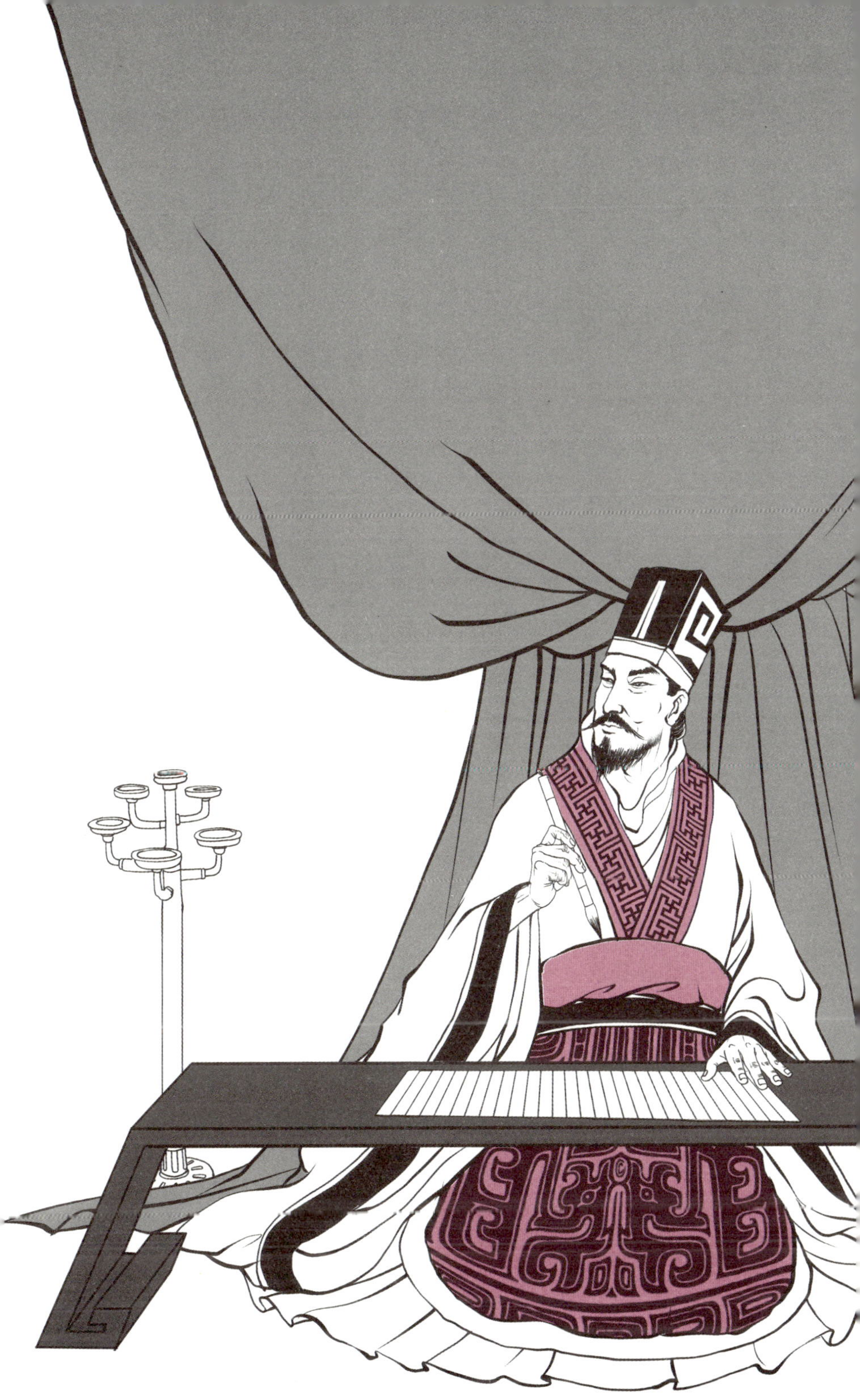

蔡邕

原文诵读

后汉蔡邕字伯喈，陈留人，仪容奇伟，笃孝博学，能画善音，明天文术数。工书，篆隶绝世。尤得八分之精微，体法百变，穷灵尽妙，独步今古。又创造飞白，妙有绝伦。伯喈八分飞白入神，大篆小篆隶书入妙。女琰甚贤，亦工书。伯喈入嵩山学书，于石室内得一素书，八角垂芒，篆写李斯并史籀用笔势。伯喈得之，不食三时，乃大叫喜欢，若对数十人。伯喈因读诵三年，便妙达其旨。伯喈自书五经于太学，观者如市。（出《笔法》）

译文

东汉的蔡邕，字伯喈，是陈留县人，他身材高大伟岸，相貌英俊不凡，非常孝顺，知识渊博，擅长绘画，通晓音律，明了天文术数。他擅长书法，篆书、隶书超出世人。蔡邕特别得到八书的精妙，字形结构多变化，深得其中的灵妙，古今独步。蔡邕又创造了飞白体，精妙绝伦。他书写的八分飞白字体出神入化，大小篆书达到神妙的境界。蔡邕的女儿蔡琰非常聪明，也擅长书法。蔡邕进入嵩山学习书法，在一个石室里得到一部素书，八角放光，用篆书记载着李斯、史籀书法用笔的态势、字体构造。蔡邕得到它后，一天都没有吃饭，高兴得大喊大叫，像是面对着几十个人似的。蔡邕将这部书研读了三年，深得书中的精奥。蔡邕在太学亲手书写五经，去观赏的人如同赶集一样多。

读后感悟

蔡邕书法"飞白妙有绝伦，动合神功"。（《书断》）其所书《熹平石经》，后世儒者更是以之为标准经文。

王羲之

原文诵读

晋王羲之字逸少，旷子也。七岁善书。十二，见前代《笔说》于其父枕中，窃而读之。父曰："尔何来窃吾所秘？"羲之笑而不答。母曰："尔看用笔法。"父见其小，恐不能秘之，语羲之曰："待尔成人，吾授也。"羲之拜请："今而用之，使待成人，恐蔽儿之幼令也。"父喜，遂与之。不盈期月，书便大进。卫夫人见，语太常王策曰："此儿必见

用笔诀，近见其书，便有老成之智。"涕流曰："此子必蔽吾名。"晋帝时，祭北郊文，更祝板，工人削之，笔入木三分。三十三书《兰亭序》，三十七书《黄庭经》。书讫，空中有语："卿书感我，而况人乎？吾是天台文人。"自言真胜钟繇。

逸少善草、隶、八分、飞白、章行，备精诸体，自成一家法。千变万化，得之神功。逸少隶、行、草、章、飞白五体俱入神，八分入妙。妻郗氏甚工书。有七子，献之最知名。玄之、凝之、徽之、操之并工草。(出《书断》)

译文

晋朝的王羲之，字逸少，是王旷的儿子。王羲之七岁时就擅长书法。十二岁时，在他父亲床头看到前代人谈论书法的书《笔说》，就悄悄拿出来读。他父亲说："你为什么偷看我的秘笈？"王羲之笑着没有回答。母亲问："你看的是用笔法。"父亲见他年岁还小，恐怕他不能保守秘密，对他说："等你长大成人，我传授给你。"王羲之俯身下拜，说："现在让我学习吧，等到长大成人再学习，恐怕会耽误了我的美好才华啊。"父亲很高兴，于是将秘笈交给了他。不到一个月，他的书法就大为精进。卫夫人见到后，对太常王策说："这孩子一定是读了用笔诀，近来我看他的书法，就颇为老成了。"又流着眼泪说："这孩子将来一定能遮住我的名声！"晋帝时，他撰写祭祀北郊的祭文，更换祭祀用的祝板，工匠们雕刻王羲之的字，笔迹入木三分。王羲之三十三岁时书写《兰亭序》，三十七岁时书写《黄庭经》。写完后，空中有说话的声音："你的书法感动了我，何况世人呢？我是天台文人！"自己说是真胜钟繇。

王羲之擅长草书、隶书、八分、飞白、章草行书，集诸家之精妙融为一炉，书法自成一家。千变万化，得之于上天的神力。王羲之的隶书、行书、草书、章草、飞白五体都出神入化，八分已入妙境。他的妻子郗氏也很擅长书法。王羲之有七个儿子，王献之最为知名。王玄之、王凝之、王徽之、王操之都擅长写草书。

读后感悟

王羲之书的法兼善各体，身负书圣之名，千年百代，流传不替，诚非虚言。

购《兰亭序》

原文诵读

王羲之《兰亭序》。僧智永弟子辨才，尝于寝房伏梁上，凿为暗槛，以贮《兰亭》。保惜贵重于师在日。贞观中，太宗以听政之暇，锐志玩书。临羲之真、草书帖，构募备尽，唯未得《兰亭》。寻讨此书，知在辨才之所。乃敕追师入内道场供养，恩赉（lài）优洽。数日后，因言次，乃问及《兰亭》，方便善诱，无所不至。辨才确称往日侍奉先师，实常获见，自师没后，荐经丧乱，坠失不知所在。既而不获，遂放归越中。后更推究，不离辨才之处。又敕追辨才入内，重问《兰亭》。如此者三度，竟靳固不出。

上谓侍臣曰："右军之书，朕所偏宝。就中逸少之迹，莫如《兰亭》。求见此书，劳于寤寐。此僧耆年，又无所用。若得一智略之士，设谋计取之必获。"尚书左仆射房玄龄曰："臣闻监察御史萧翼者，梁元帝之曾孙。今贯魏州莘县，负才艺，多权谋，可充此使，必当见获。"太宗遂召见，翼奏曰："若作公使，义无得理。臣请私行诣彼，须得二王杂帖三数通。"太宗依给。翼遂改冠微服，至洛潭。随商人船，下至越州。又衣黄衫，极宽长潦倒，得山东书生之体。日暮入寺，巡廊以观壁画。遇辨才院，止于门前。辨才遥见翼，乃问曰："何处檀越？"翼就前礼拜云："弟子是北人，将少许蚕种来卖。历寺纵观，幸遇禅师。"寒温既毕，语议便合。因延入房内，即共围棋抚琴，投壶握槊，谈说文史，竟甚相得。乃曰："白头如新，倾盖如旧。今后无形迹也。"便留夜宿，设缸面药酒果等。江东云缸面，犹河北称瓮头，谓初熟酒也。酣乐之后，请宾赋诗。辨才探得来字韵，其诗曰："初酝一缸开，新知万里来。披云同落寞，步月共徘徊。夜久孤琴思，风长旅雁哀。非君有秘术，谁照不燃灰。"萧翼探得招字韵，诗曰："邂逅

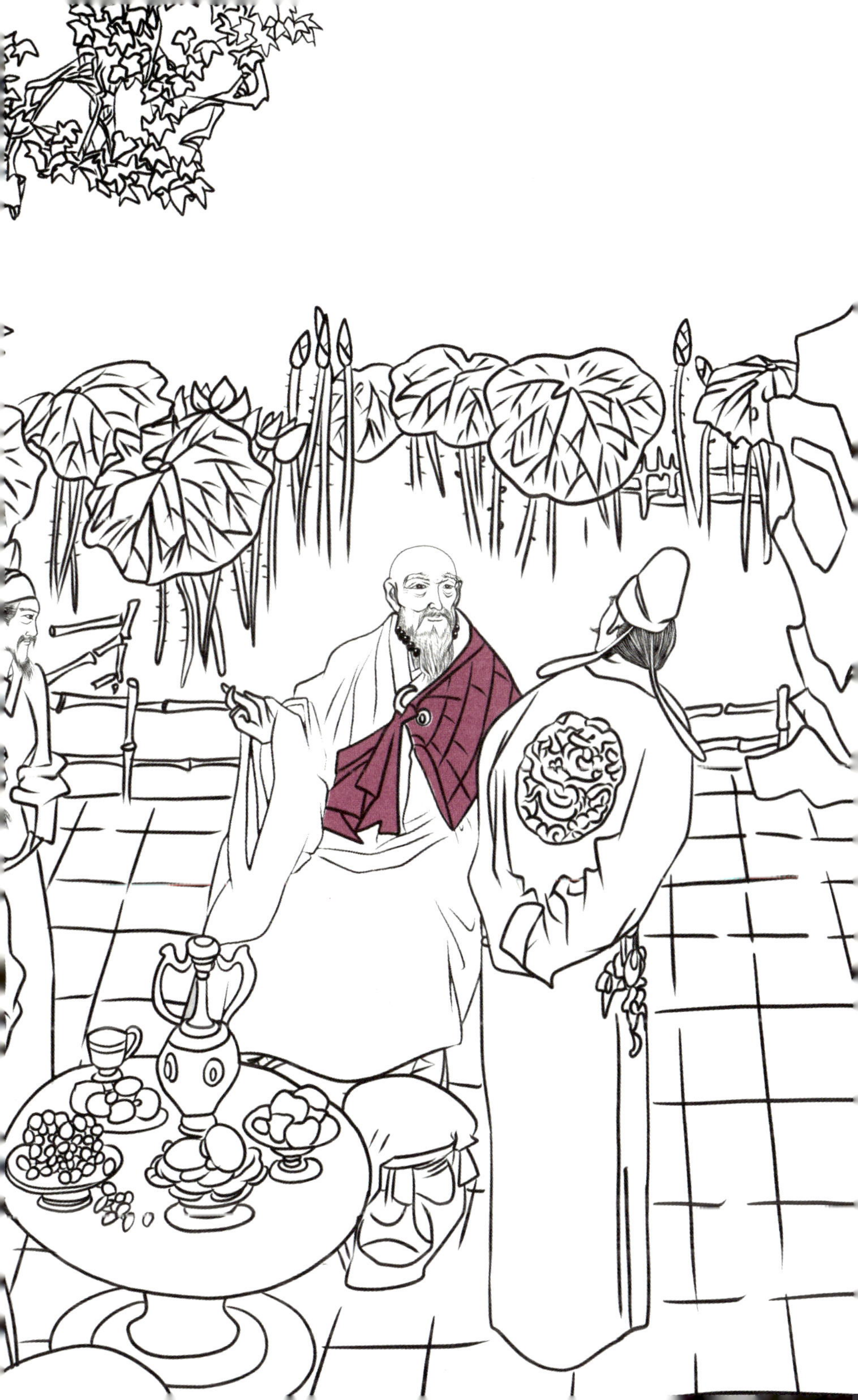

款良宵，殷勤荷胜招。弥天俄若旧，初地岂成遥。酒蚁倾还泛，心猿躁似调。谁怜失群翼，长苦业风飘。"妍蚩略同，彼此讽咏，恨相知之晚。通宵尽欢，明日乃去。辨才云："檀越闲即更来。"翼乃载酒赴之。兴后作诗，如此者数四。诗酒为务，其俗混然。经旬朔，翼示师梁元帝自书《职贡图》，师嗟赏不已。因谈论翰墨，翼曰："弟子先传二王楷书法，弟子自幼来耽玩，今亦数帖自随。"辨才欣然曰："明日来，可把此看。"翼依期而往，出其书以示辨才。辨才熟详之曰："是即是矣，然未佳善也。贫道有一真迹，颇是殊常。"翼曰："何帖？"才曰："《兰亭》。"翼笑曰："数经乱离，真迹岂在？必是响搨伪作耳。"辨才曰："禅师在日保惜，临亡之时，亲付于吾。付受有绪，那得参差？可明日来看。"及翼到，师自于屋梁上槛内出之。翼见讫。故瑕指颣（lèi）曰："果是响搨书也。"纷竞不定。自示翼之后，更不复安于伏梁上。并萧翼二王诸帖，并借留置于几案之间。辨才时年八十余，每日于窗下临学数遍，其老而笃好也如此。自是翼往还既数，童第等无复猜疑。后辨才出赴邑汜桥南严迁家斋，翼遂私来房前。谓童子曰："翼遗却帛子在床上。"童子即为开门。翼遂于案上，取得《兰亭》及御府二王书帖，便赴永安驿。告驿长陵愬曰："我是御史，奉敕来此。今有墨敕，可报汝都督知。"都督齐善行闻之，驰来拜谒。萧翼因宣示敕旨，具告所由。善行走使人召辨才，辨才仍在严迁家未还寺，遽见追乎，不知所以。又遣云："侍御须见。"及师来见御史，乃是房中萧生也。萧翼报云："奉敕遣来取《兰亭》，《兰亭》今已得矣，故唤师来

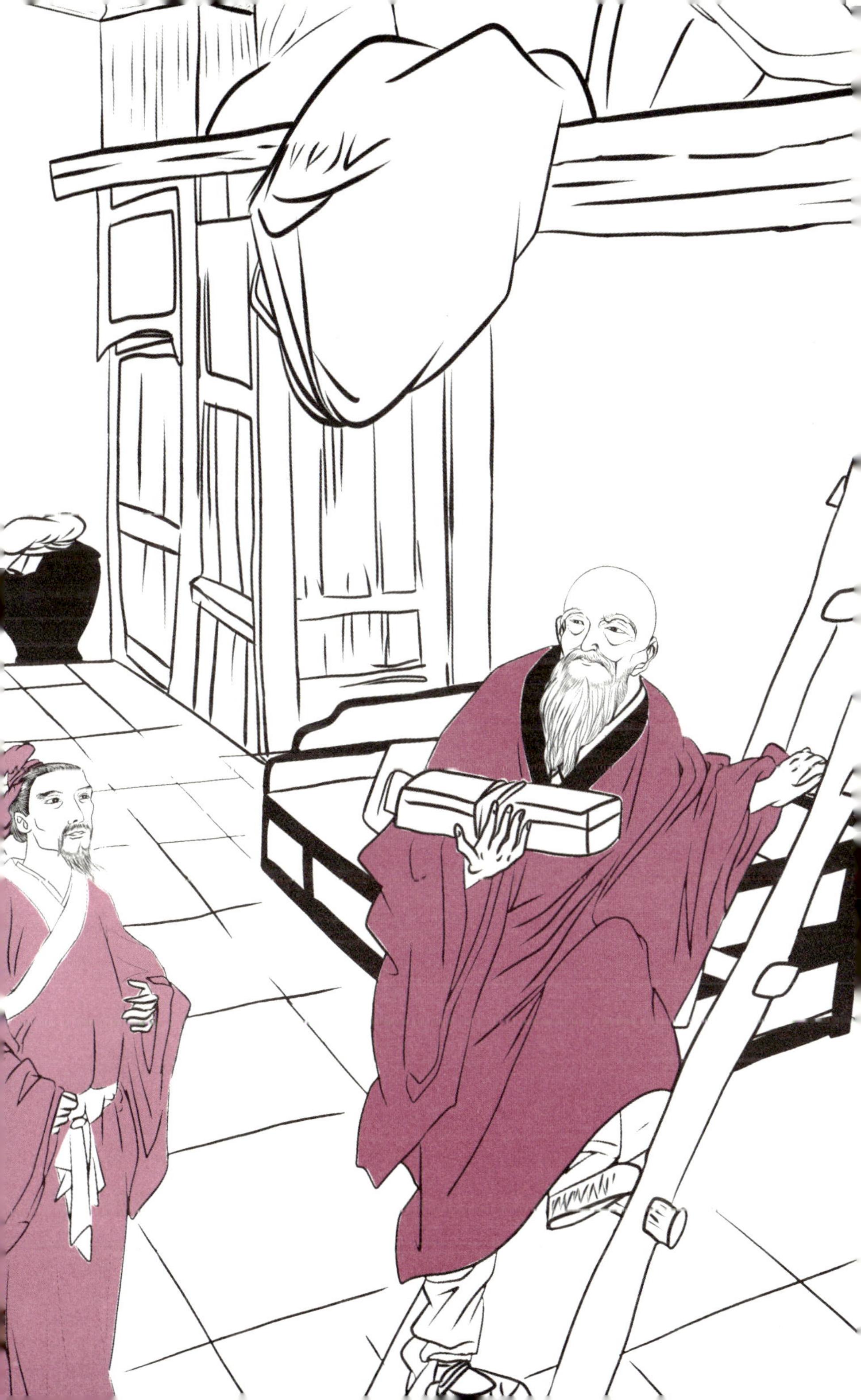

别。"辨才闻语而便绝倒，良久始苏。翼便驰驿南发，至都奏御，太宗大悦。以玄龄举得其人，赏锦彩千段；擢拜翼为员外郎，加五品，赐银瓶一、金缕瓶一、马脑碗一，并实以珠。内厩良马两匹，兼宝装鞍辔。宅庄各一区。太宗初怒老僧之秘吝，俄以其年耄，不忍加刑。数月后，仍赐物三千段，谷三千石，便敕越州支给。辨才不敢将入己用，乃造三层宝塔。塔甚精丽，至今犹存。老僧因惊悸患重，不能强饭，唯歠（chuò）粥，岁余乃卒。帝命供奉榻书人赵模、韩道政、冯承素、诸葛真等四人，各榻数本，以赐皇太子诸王近臣。贞观二十三年，圣躬不豫，幸玉华宫含风殿。临崩，谓高宗曰："吾欲从汝求一物，汝诚孝也，岂能违吾心耶，汝意何如？"高宗哽咽流涕，引耳而听受制命。太宗曰："吾所欲得《兰亭》，可与我将去。"后随仙驾入玄宫矣。今赵模等所榻在者，一本尚直钱数万也。（出《法书要录》）

又

一说王羲之尝书《兰亭会序》。隋末，广州好事僧得之。僧有三宝，宝而持之。一曰右军《兰亭》书，二曰神龟，以铜为之，龟腹受一升，以水贮之，龟则动四足行，所在能去。三曰如意。以铁为文，光明洞彻，色如水晶。太宗特工书，闻右军《兰亭》真迹，求之得其他本，若第一本，知在广州僧，而难以力取。故令人诈僧，果得其书。僧曰："第一宝亡矣，其余何爱？"乃以如意击石，折而弃之；又投龟一足伤，自是不能行矣。（出《纪闻》）

译文

　　智永和尚的弟子辨才,曾在卧室的房梁上凿了一个洞,用来收藏王羲之书写的《兰亭序》。比他师傅智永在世时还要加倍地爱惜珍重。贞观年间,唐太宗在处理政务的闲暇,专心研究、练习书法。临摹王羲之的真、草书帖,将王羲之的字帖几乎全都搜求购买下来,只是没有找到《兰亭序》。他到处寻找,知道在辨才那里,于是下圣旨调辨才做宫内道场的僧官,待遇优厚。过了几天,借闲谈的机会,问到了《兰亭序》,多方启发诱导,用尽了各种办法,辨才坚持说,从前侍奉故去的师父时,确实曾见过《兰亭序》,自从师父去世,又历经战乱,已不知失落到哪里去了。经过一段时间,还是没有打听到《兰亭序》的下落,就让辨才回到越州去了。后来又多方探寻查找,都说仍在辨才那里,太宗又下旨召辨才进宫,重新追问《兰亭序》的下落。这样反复了三次,辨才还是不肯把《兰亭序》拿出来。

　　唐太宗对亲近的大臣说:"对王右军的书法,我特别偏爱,并以之为宝,其书法没有赶得上《兰亭序》的。寻求见到它,是我梦寐以求的事。辨才这和尚已经年老,对他来说,《兰亭序》又没有用,假如能找到一位有智谋的人,设个计策一定得到《兰亭序》。"尚书左丞仆射房玄龄说:"我听说监察御史萧翼,是梁元帝的曾孙,现在家住魏州莘县,这人有才华技艺,很有智谋,可以担当这项使命,一定能找到《兰亭序》。"唐太宗就召见了萧翼。萧翼说:"假若以官方使者的身份前去,在道义上说是没有可能找到的,我请求私下到那里去见他,只是需要有二王的其他三四件字帖。"太宗按照他的要求给了他。萧翼改换普通的衣帽,到了洛潭。跟随商船,来到了越州。又换上黄色长衫,衣服非常宽大而又破旧,像一个山东书生的样子。傍晚到了辨才所在的寺院,沿着长廊观看壁画。经过辨才住的院子,在门前停住了脚步。辨才远远看到萧翼,就问道:"施主从哪儿来的?"萧翼向前施礼说:"弟子是北方人,带了一些蚕种来卖,经过寺庙就参观,有幸遇到了禅师。"寒暄过后,二人感到谈得很融洽,辨才就请萧翼进屋,一起下围棋、弹琴、投壶、玩双陆,谈文说史,志趣很是相投。辨才说:"有的人,和他交往到头发白了,像刚认识那样生疏。有的初次相逢,却好像老朋友一样。以后我们可以不拘形迹了。"当晚就留萧翼在寺中住下,拿出新酿好的缸面、药酒和果品招待他。这种酒,江东叫缸面酒,就像河北称瓮头一样,也就是刚刚酿出的第一道酒。喝得高兴时,辨才就请萧翼作诗。辨才拿到的是"来"字韵,他作了一首诗:"初酝一缸开,新知万里来。披云同落寞,岁月共徘徊。夜久孤琴思,风长旅雁哀。非君有秘术,谁照不燃灰。"萧翼拿到的是"招"字韵,他的诗是:"邂逅款良宵,殷勤荷胜招。弥天俄若旧,初地岂成遥。酒蚁倾还泛,心猿躁似调。谁怜失群翼,长苦业风飘。"二人的诗,好坏差不多,彼此唱和,相见恨晚。这一夜过得非常快乐,第二天萧翼才离开寺院。临走时,辨才说:"先生有空就再来吧。"萧翼后来带着酒去赴约,兴致来了就作诗,这样聚会了多次。

二人尽兴地饮酒赋诗,感情融洽地不分彼此。过了将近一个月,萧翼把曾祖梁元帝亲笔书写的《职贡图》拿给辨才看,辨才赞叹不已,因此就谈起了书法。萧翼说:"我以前经人传授,先学习二王的楷书,所以从小就喜爱书法。现在我还随身携带着几幅书帖呢!"辨才听了高兴地说:"明天来的时候,把书帖带来让我看看。"第二天萧翼按约定的时间去了,把字帖拿出来让辨才看。辨才仔细地看了好半天,才说:"这确实是二王的手迹,但还不是最好的。我有一幅真迹,可不同一般。"萧翼问:"是什么帖?"辨才说:"是《兰亭序》。"萧翼笑着说:"经过几次战乱,真迹哪能存在呢?一定是临摹的赝品吧。"辨才说:"这是我师父在世时珍藏的,临死时,亲手交付给我,来龙去脉清清楚楚,哪能有错呢?明天你可以来看看。"第二天萧翼来了,辨才把《兰亭序》从房梁的洞中取出来。萧翼看完,故意挑毛病指缺点地说:"果然是响拓的伪作!"二人争论了好久,谁也说不服谁。自从把《兰亭序》拿给萧翼看以后,辨才再没有把它放回到房梁上,并且还把萧翼带来的字帖,一起借来放在桌上。辨才当时都八十多岁了,每天都照着字帖在窗下临摹数遍,到了老年他对二王书法还是这样地爱好。从此以后,萧翼经常出入寺院,辨才的弟子、小童对他也不再有什么猜疑。后来辨才应邀到本县氾桥南的严迁家去吃斋饭,萧翼就私下来到辨才的房前,对小童说:"我把手帕忘在桌上了。"小童给他开了门,萧翼就从桌上拿走了《兰亭序》以及他从宫中带来的二王书帖,马上赶到永安驿,告诉驿长陵愬说:"我是御史,奉圣旨来到这里,这里有皇帝亲手写的命令,快把这事报告你们的都督。"都督齐善行听到这事，赶快骑马跑来拜见。萧翼向他宣读了圣旨，并把经过都告诉了他。齐善行派人跑着去召辨才，辨才还在严迁家没有回到寺院，他见使者急急忙忙地找他，还不知发生了什么事。后来，又派来人告诉他："御史大人要见你。"等到辨才见到御史，才知道原来是经常来他房中的萧翼。萧翼告诉辨才："我是奉旨来取《兰亭序》的，《兰亭序》现在已拿到了，所以喊禅师前来告别。"辨才听到这些，马上昏倒在地，很久才苏醒过来。萧翼快速向京城进发，到了长安，奏明了皇帝，太宗非常高兴，认为房玄龄举荐得人，赏给他锦缎一千匹。提升萧翼为员外郎，升为五品，赏赐他银瓶、金缕瓶、玛瑙碗各一个，里面都装满了珍珠。还有皇帝马棚中的骏马两匹，并配有珍宝装饰的鞍辔。另外还赏赐住宅和田庄各一处。太宗起初对辨才秘藏着《兰亭序》不献出来很是生气，后来又可怜他年岁大了，不忍心惩罚他。几个月以后，还赐给他布三千匹、谷三千石，下令从越州府库拨给。辨才不敢把这些财物自己拿来使用，就用它建造了一座三层宝塔，造得非常精致华丽，塔至今还在。辨才由于受惊吓得了重病，不能吃饭，只能喝些稀粥，过了一年多就死了。太宗命令专门拓写碑帖的人赵模、韩道政、冯承素、诸葛真等四人，每人拓写了几本《兰亭序》赏给皇太子、诸王和一些亲近的大臣。贞观二十三年，太宗身体不适，住在玉华宫含风殿。临死时，对高宗说："我想跟你要一件东西，你确实是一个很孝顺的孩子，哪会违背我的心愿呢？是不是这样呢？"高宗听到这话，哽咽流泪，把耳朵靠近太宗，听太宗的吩咐。太宗说："我想要的就是

《兰亭序》,可以让它和我一起去吧!"后来《兰亭序》就成了太宗的随葬品,埋入陵墓。现在赵模等人所拓的摹本还在,一本还值数万钱。

又

一种说法是王羲之曾经书写了《兰亭会序》。隋朝末年,广州一个好事的和尚得到了《兰亭会序》。这和尚有三件宝贝,珍藏并把持着。一个是王羲之的《兰亭会序》,一个是神龟,是用铜做的,乌龟的肚子可以盛一升东西,把水装在里面,乌龟就会摆动四只脚前行,哪里都能去。第三种是如意。用铁做成的花纹,光亮透彻,颜色如同水晶。太宗非常擅长书法,听说王羲之的《兰亭序》真迹,访求真迹却得到了别的本子,唯独这第一本知道在广州的和尚那里,但是却很难强取。所以让人欺诈和尚,果然得到了真迹。那和尚说:"我的第一件宝贝已经失去了,其余的还有什么值得怜惜的呢?"竟然用如意击打石头,折断后丢弃了;又把乌龟的一只脚弄伤,从此乌龟不能再行走了。

读后感悟

太宗皇帝精研书法,犹爱《兰亭》,而以欺诈之术巧取豪夺,上有所爱,下必效仿,不知其可也。

画

毛延寿

原文诵读

前汉元帝,后宫既多,不得常见,乃令画工图其形,按图召幸之。诸宫人皆赂画工,多者十万,少者不减五万。唯王嫱不肯,遂不得召。后匈奴求美人为阏氏,上按图召昭君行。及去召见,貌美压后宫。而占对举止,各尽闲雅。帝悔之,而业已定。帝重信于外国,不复更人。乃穷按其事,画工皆弃市。籍其家,资皆巨万。画工杜陵毛延寿为人形,丑好老少,必得其真。安陵陈敞、新丰刘白、龚宽并工牛马众势,人形丑好,不逮延寿。下杜阳望亦善画,尤善布色,同日弃市。京师画工,于是差希。(出《西京杂记》)

译文

西汉元帝时,后宫里的嫔妃很多,元帝不能经常看到她们,于是让画工们给这些嫔妃们画像,元帝根据画像召见她们。嫔妃们都纷纷贿赂画工,多的给十万钱,少的也不少于五万钱。只有王嫱不肯贿赂,于是她没有被汉元帝召见。后来,匈奴国王派使者向汉元帝求取美女作为妻子,汉元帝按照画工们绘制的画像让王嫱前去。等到将要离开时,召来王嫱,

她的美貌压倒后宫嫔妃，并且她的言谈举止也极为娴雅大方。汉元帝感到后悔，但是事情已经定了下来。汉元帝对外的看重信用，就不再更换人选。于是汉元帝彻底追查这件事情，宫内的画工都被处死。抄没画工的家产，他们的家产都超过百万。有个杜陵画工毛延寿，为人画像，丑的、美的、老的、少的，都画得真实生动。安陵人陈敞，新丰人刘白、龚宽等人都擅长画牛马群图，然而画人像美丑都赶不上毛延寿。下杜阳望也擅长画画，尤其擅长调配颜色，也在同一天被处死。京城有名的画工于是很少了。

读后感悟

唐代周昙诗云："不拔金钗赂汉臣，徒嗟玉艳委胡尘。能知货贿移妍丑，岂独丹青画美人。"世间如此种种极多，岂独一个毛延寿？

顾恺之

原文诵读

晋顾恺之字长康，小字虎头，晋陵人。多才气，尤工丹青,傅写形势,莫不妙绝。谢安谓长康曰:"卿画自生人已来未有。"又云:"卿画苍苍,古来未有。"曾以一橱画暂寄桓玄,皆其妙迹所珍秘者,封题之。其后玄闻取之,诳云不开。恺之不疑被窃,直云:"妙画通神,变化飞去,犹人之登仙也。"恺之有三绝:才绝、画绝、痴绝。又尝悦一邻女,乃画女于壁,当心钉之。女患心痛,告于长康,康遂拔钉,乃愈。又尝欲写殷仲堪真,仲堪素有目疾,固辞。长康曰:"明府无病,若明点瞳子,飞白拂上,便如轻云蔽日。"画人物,数年不点目睛。人问其故,答曰:"四体妍蚩,本无关于妙处。传神写貌,正在阿堵之中。"又画裴楷真,颊上乃加三毛,云:"楷俊郎,有鉴识。具此,观之者定觉殊胜。"嵇康赠以四言诗,画为图,常云:"手挥五弦易,目送归鸿难。"又画谢幼舆于一岩中,人问其故。云:"一丘一壑,此子宜置岩壑中。"长康又尝于瓦棺寺北殿内画维摩居士,画毕,光辉月余。《京师寺记》云:"兴宁中,瓦棺寺初置僧众,设刹会,请朝贤士庶宣疏募缘。时士大夫莫有过十万者,长康独注百万。长康素贫,众以为大言。后寺僧请勾疏,长康曰:'宜备一壁。'闭户不出一月余,所画维摩一躯工毕。将欲点眸子,乃谓僧众曰:'第一日观者,请施十万;第二日观者,请施五万;第三日观者,可任其施。'及开户,光照一寺。施者填咽,俄而及百万。"刘义庆《世说》云:"桓大司马每请长康与羊欣讲论画书,竟夕忘疲。"(出《名画记》)

译文

晋朝的顾恺之，字长康，小名虎头，是晋陵人。顾恺之很有才气，尤其擅长作画，画作山水地形，没有不绝妙的。谢安对顾恺之说："你的画作，自从有人类以来没有过这样的。"又说："你的画苍茫雄浑，从古以来前所未有。"顾恺之曾经把一橱柜的画作暂时寄放在桓玄家里，都是他珍藏的秘不示人的绝妙画作，他封好并在上面题字。后来桓玄听说后，打开将画取走，并欺骗说并没有打开柜子。顾恺之没有怀疑画作被人偷走，只是说："好的画作能够上通神灵，变化飞走，如同人会飞天成仙。"顾恺之有三绝：才绝、画绝、痴绝。他曾经喜欢邻居的一位姑娘，将这位姑娘的画像画在墙上，用钉子钉在心脏的位置上。后来，这位姑娘患上心痛病，告诉了顾恺之，顾恺之于是拔去画像上的钉子，这位姑娘便痊愈了。另外，顾恺之曾想为殷仲堪画一幅肖像，殷仲堪有眼疾，坚决推辞。顾恺之说："你的眼睛没有毛病，如果明点眼瞳，涂上一笔，便如同轻云蔽日一样。"顾恺之画人物，多年都不画眼睛。有人问他原因，他回答说："人物四肢画得美丑，本来就没有多大关系，传神之笔，就在这眼睛当中呢！"顾恺之又给裴楷画像，脸颊上加上三根毛，说："裴楷郎君长相英俊，有鉴力识具。有了这三根毛，看画的人一定会觉得特别突出。"嵇康赠给顾恺之一首四言诗，顾恺之将诗意绘成画，常常说："画上的这个人物，画他挥手弹琴很容易，画他目送归飞的鸿雁就难了。"顾恺之又

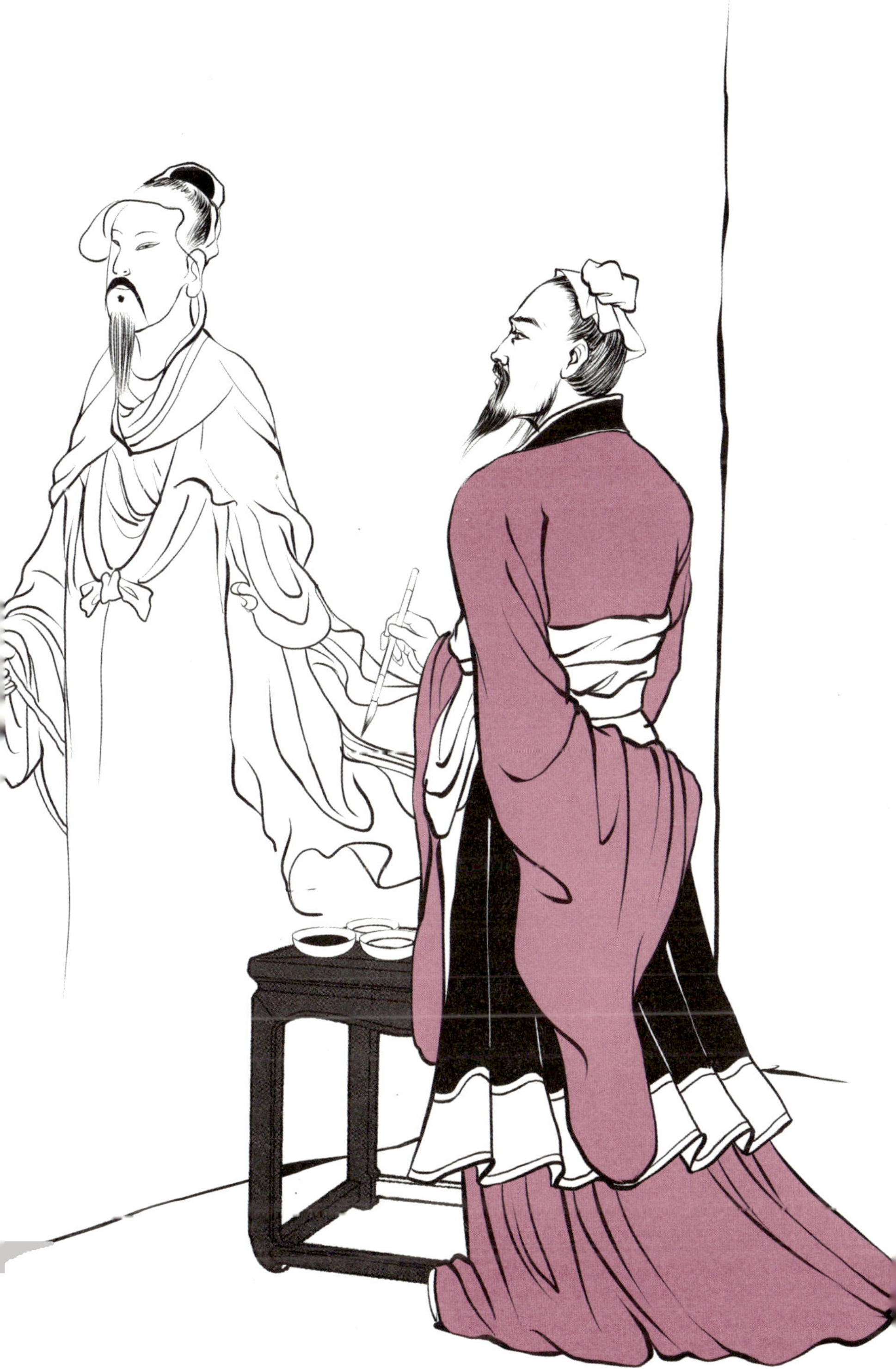

画了一幅谢幼舆站在山谷中的画作，有人问他为何这样画？他回答说："一山一谷，这个人适合将他放在山谷中。"顾恺之曾经为瓦棺寺北殿的墙壁上画维摩居士像，画好后，画作华光四射一月有余。《京师寺记》里记载："兴宁年间，瓦棺寺刚建时进住僧人，设置法会，请朝中的贤士、世间的百姓捐款赞助。当时的官员文士捐钱没有超过十万的，只有顾恺之要捐资百万钱。顾恺之一向清贫，人们都认为他在说大话。后来寺院请求兑现捐款，顾恺之说：'请为我准备一面墙壁。'他到了那里，关好门窗，待了一个多月，画完了一幅维摩画像。将要画眼睛时，顾恺之对僧人说：'第一天来观看的人，请让他向寺里施舍十万钱，第二天来观看的施舍五万钱，第三天来看的可以任意施舍。'等到打开门时，壁上的维摩巨像，华光照耀整个寺院。前来观看布施的人群堵塞寺门，很快就募集了百万钱。"刘义庆在《世说新语》中说："桓玄大司马每请顾恺之与羊欣讲论画书时，便通宵达旦，忘记疲劳。"

读后感悟

谢安对于顾恺之，曾惊叹："苍生以来未之有也。"足见其技艺之妙。

阎立本

原文诵读

唐太宗朝，官位至重，与兄立德齐名。尝奉诏写太宗真容。后有佳手，传写于玄都观东殿前间，以镇九五冈之气，犹可以仰神武之英威也。立德创《职贡图》，异方人物，诡怪之状。立本画国王粉本在人间。昔南北两朝名手，不足过也。时南山有猛兽害人，太宗使骁勇者捕之，不得。虢王元凤忠义奋发，自往取之，一箭而毙。太宗壮之，使立本图状。鞍马仆从，皆写其真，无不惊服其能。有《秦府十八学士》《凌烟阁功臣》等图，亦辉映前古。唯《职贡》《卤簿》等图，与立德同制之。俗传慈恩画功臣，杂手成色，不见其踪。其人物鞍马、冠冕车服，皆神也。李嗣真云："师郑法士，实亦过之。后有王知慎、师范，甚有笔力。阎画神品。"

（出《唐画断》）

太宗尝与侍臣泛春苑，池中有异鸟随波容与。太宗击赏数四，诏座者为咏，召阎立本写之。阁外传呼云："画师阎立本。"时为主爵郎中，奔走流汗，俯临池侧，手挥丹青，不堪愧赧（nǎn）。既而戒其子曰："吾少好读书，幸免墙面。缘情染翰，颇及侪流，唯以丹青见知。躬厮养之务，辱莫大焉。汝宜深戒，勿习此也。"至高宗朝。阎立本为右丞相，

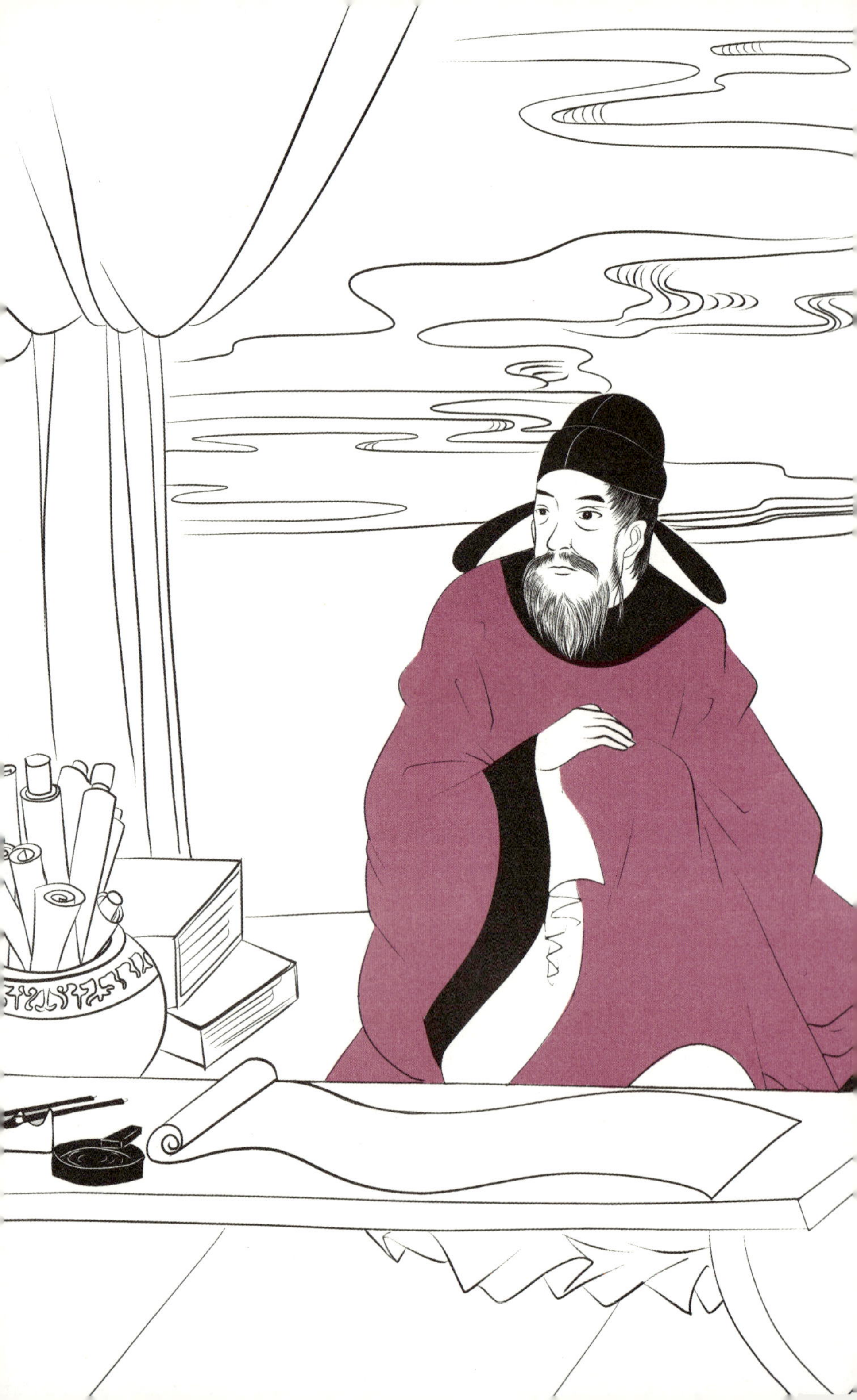

姜恪以边将立功为左相。又以年饥，放国子学生归，又限令史通一经。时人为之语曰："左相宣威沙漠，右相驰誉丹青。三馆学生放散，五台令史明经。"立本家代善画。至荆州，视张僧繇(yóu)旧迹曰：定虚得名耳。明日及往，曰："犹是近代佳手。"明日又往，曰："名下定无虚士。"坐卧观之，留宿其下，十日不能去。又梁张僧繇作《醉僧图》，道士每以此嘲僧，群僧耻之，于是聚钱数十万，货阎立本作《醉道士图》，今并传于代。(出《国史异纂》)

译文

阎立本在唐太宗时，官至重位，和兄长阎立德齐名。曾经接受太宗的诏命，为唐太宗画像。后来，有一位高手，在玄都观东殿前间临摹，以镇九五冈之气，犹可以从这幅临摹画像中，见到皇帝的英威之气，又可以仰观这些天神们的神武英威。阎立德画的《职贡图》，画的外域的人物，外貌怪异，阎立本绘画的国王的草稿在民间流传，当初的南北两朝的绘画高手，没有超过他们的。当时南山有凶猛的野兽伤害百姓，太宗皇帝派遣勇猛的勇士去抓捕，没能捕到。虢王李元凤忠义奋发，亲自前往抓捕，一箭就射死了这只猛兽。太宗皇认为他很豪壮，让阎立本画下他射杀猛兽的图景。所画的鞍马仆从都栩栩如生，没有不惊叹和佩服他的技艺才能的。阎立本画有《秦府十八学士》《凌烟阁功臣》等画作，也是光耀千古的画作。

只有《职贡图》《卤簿》等画作，是和他的哥哥阎立德一起画的。俗间传说在慈恩寺画功臣，是很多人画的，看不到阎立本的手迹。这些功臣的人物鞍马、冠冕车服，都非常传神。李嗣真说："阎立本的画，师承郑法士，实际上已经超过了郑法士。在阎立本之后，还有王知慎、师范，画作很有笔力。阎立本的画是神妙的作品。"

唐太宗曾经和侍臣们在御苑的池中坐船游玩，池中有奇异的鸟在水面上随波浮游。唐太宗多次拍手叫好，命令在座陪同的侍臣们当场赋诗咏叹，又宣召阎立本前来将怪鸟画下来。宫人们当即向岸上传呼道："召画师阎立本。"当时，阎立本担任主爵郎中的官职。听到传召后，他奔跑赶来，大汗淋漓，俯身池边挥笔绘画，羞愧不堪。事后，阎立本告诫他的儿子说："我小时候爱好读书，庆幸还不是不学无术。有感而发才写文章，文章写得颇能赶上周围的人。但是我仅仅以绘画被人所知，让我像奴仆一样地去侍奉他人，这是莫大的耻辱。你应该深以为戒，不要学习这种技艺。"到了唐高宗时，阎立本官为右丞相，姜恪原以边将的身份凭着战功做了左丞相。因为遇上饥馑，把国子监里的学生都放假，让他们回家去了。同时又让官属吏员必须通晓一门经书。当时有人说："左相宣威沙漠，右相驰誉丹青。三馆学生放散，五台令史明经。"阎立本家世代都擅长绘画。到了荆州，看到梁代人张僧繇的遗画说："从这画来看，他是空有虚名啊。"第二天又去看，说："还算是近代的绘画好手。"第三天又去看，说："盛名之下一定没有虚士。"在画前或坐或卧观赏，晚上就在画作下面留宿，过了十天了还没有离开。张僧繇画有《醉僧图》，道士们常常用这幅画来嘲笑僧人，僧众们感到羞耻，于是大家聚集了几十万钱，雇用阎立本画《醉道士图》，现在这两幅画作都在世间流传。

读后感悟

张彦远《历代名画记》记载："阎立本有应务之才，兼能书画，朝廷号为丹青神化。六法该备，万象不失。"阎立本虽有高超画技，然其自身认为画画为小技，后凭战功任右丞相，这也是整个唐代士人以为国建功为荣的事例之一。

算术

袁弘御

原文诵读

后唐袁弘御为云中从事,尤精算术。同府令算庭下桐树叶数。即自起量树,去地七尺,围之,取围径之数布算。良久曰:"若干叶。"众不能覆。命撼去二十二叶,复使算。曰:"已少向者二十一叶矣。"审视之,两叶差小,止当一叶耳。节度使张敬达有二玉碗,弘御量其广深,算之曰:"此碗明年五月十六日巳时当破。"敬达闻之曰:"吾敬藏之,能破否?"即命贮大笼,籍以衣絮,锁之库中。至期,库屋梁折,正压其笼,二碗俱碎。太仆少卿薛文美同府亲见。(出《稽神录》)

译文

后唐的袁弘御担任云中从事,尤其精通算术。同府的官员让他计算一下院子里一株桐树叶子的数量。他就亲自丈量桐树,在离桐树七尺远的地方画一个圆,量取圆的直径的尺寸进行运算。过了许久,说:"有若干片树叶。"众人没办法复核,让人摇掉二十二片叶子,又让他去算。袁弘御说:"比刚才少了二十一片树叶了。"审察细看,掉落的叶中有两片略小点,当

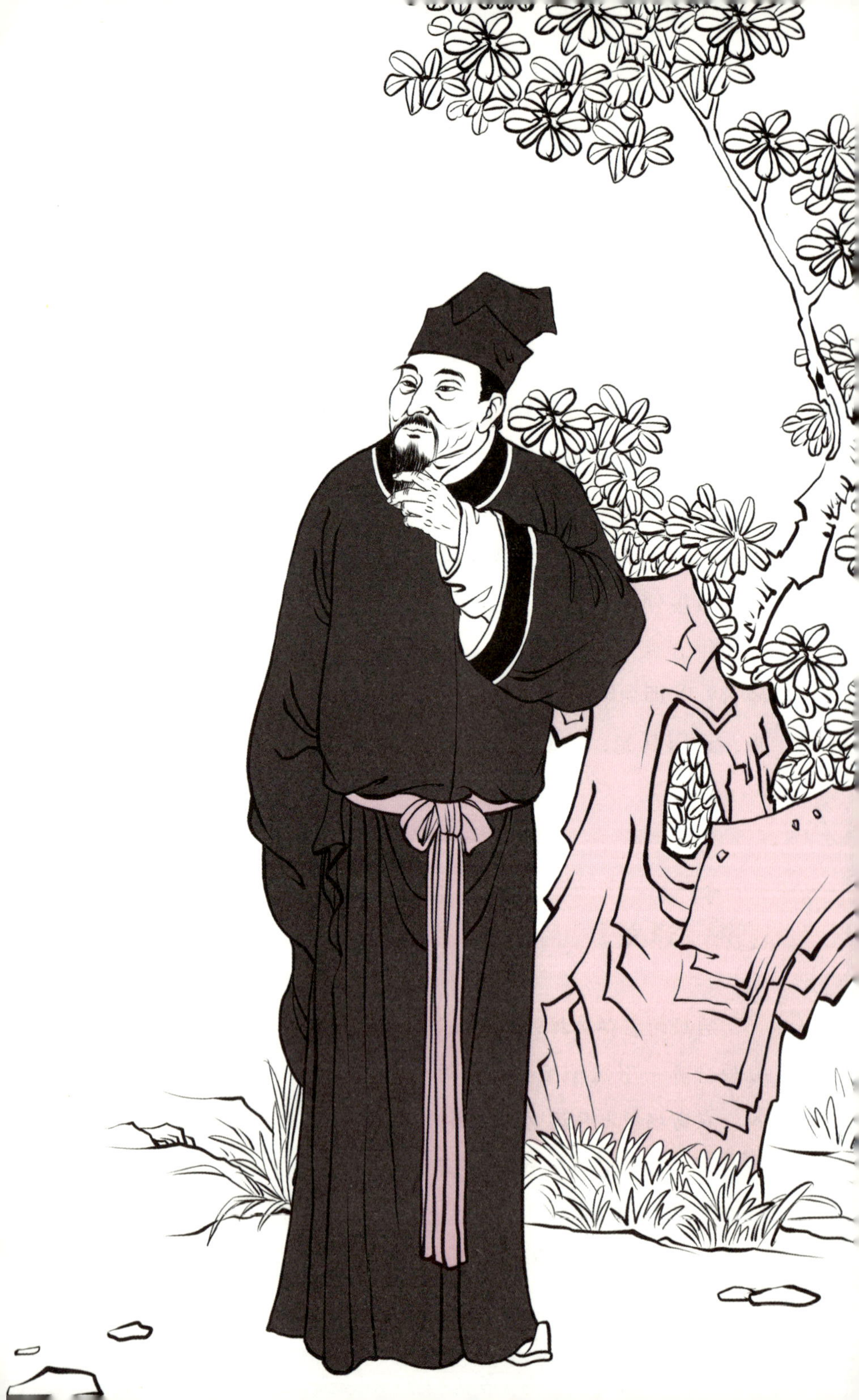

成一叶了。节度使张敬达有两只玉碗，袁弘御量了一下碗的深度与宽度，运算之后说："这两只碗明年五月十六日巳时定会碎裂的。"张敬达听了后说："我将它们小心地藏起来，看它们还能破碎吗？"马上让人将两只玉碗装在一个大竹笼里面，用衣絮等物包裹好，放在库房中。到了所说的日期，库房的屋梁折断，正好压在藏碗的竹笼上，两只玉碗都被砸碎。太仆少卿薛文美同在府中，亲眼见到这件事情。

读后感悟

《道德经》中说："善数者不用筹策。"古人计算之精微令人叹为观止，只是现在已经无从得知其原理。

卜筮

郭璞

原文诵读

扬州别驾顾球娣生十年便病，至年五十余。令郭璞筮之。得"大过"之"升"。其辞曰："大过卦者义不嘉，冢墓枯杨无英华。振动游魂见龙车，身被重累婴天邪。法由斩树杀灵蛇，非己之咎先人瑕。"案卦论之可奈何，球乃访迹其家事。先世曾伐大树，得大蛇杀之。女便病。病后有群鸟数千回翔屋上，人皆怪之，不知何故。有县农行过舍边，仰视，见龙牵车，五色晃烂，甚大非常，有顷遂天。（出《搜神记》）

译文

扬州别驾顾球的弟媳妇十岁那年便得了病，到了五十多岁。顾球让郭璞给卜算。卜得"大过"和"升"卦。卦辞说："大过卦者义不嘉，冢墓枯杨无英华。振动游魂见龙车，身被重累婴天邪。法由斩树杀灵蛇，非己之咎先人瑕。"根据卦象的说法没有什么办法。顾球于是去访察弟媳妇娘家的情况。得知她的先人曾确砍过大树，发现一条大蛇并斩杀了。于是他弟媳妇便患了病。患病后，有一群约有数千只的鸟绕在屋顶飞来

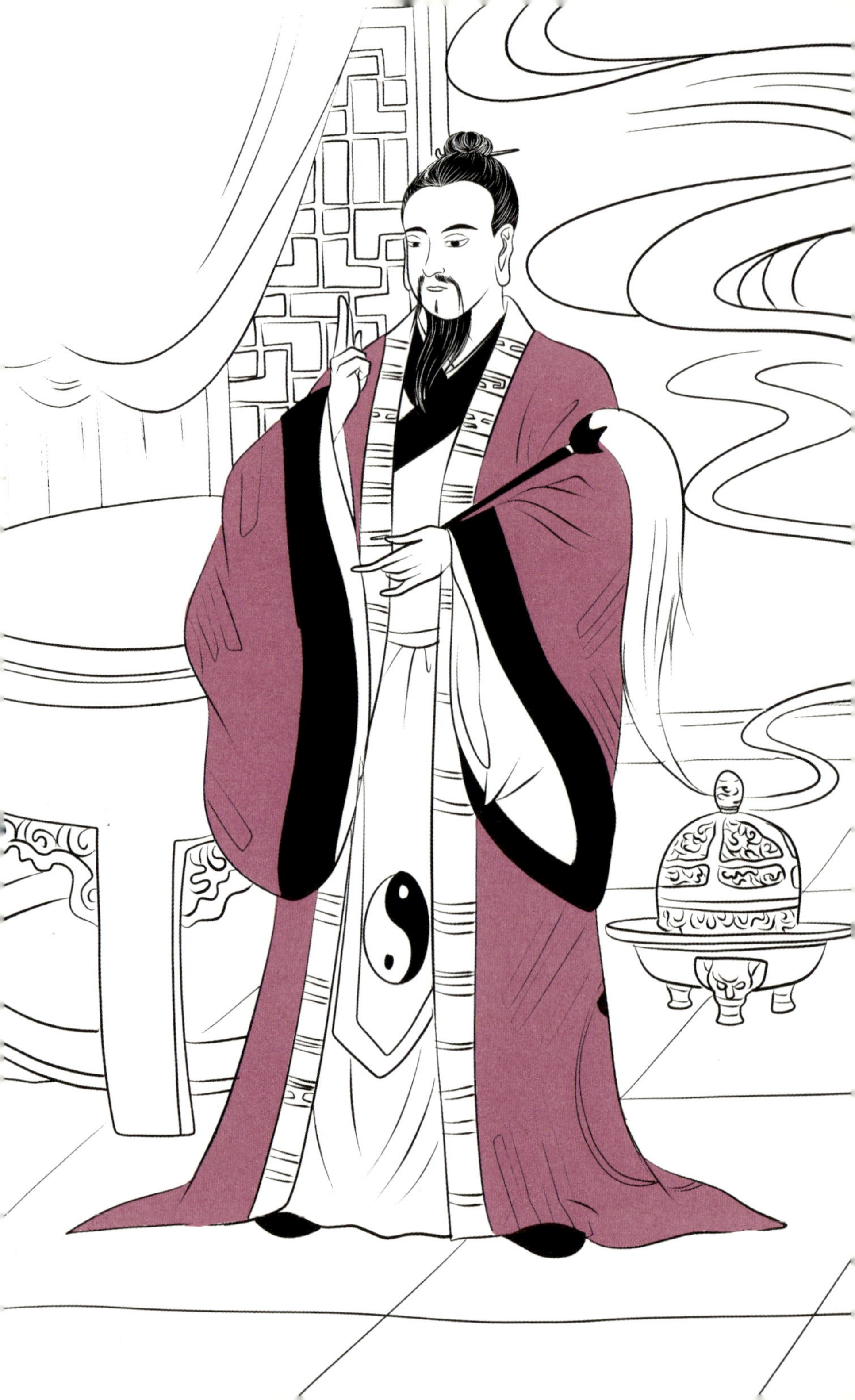

飞去，人们都感到奇怪，不知道什么原因。有一位本县的农夫经过他家，抬头看，看到一条龙拉着车，五彩斑斓，很大，非同寻常，过了一会儿就在天上消失了。

读后感悟

善恶有报，虽曰唯心，却也并非完全没有根据。

医

华佗

原文诵读

魏华佗善医。尝有郡守病甚,佗过之。郡守令佗诊候,佗退,谓其子曰:"使君病有异于常,积瘀血在腹中。当极怒呕血,即能去疾,不尔无生矣。子能尽言家君平昔之愆,吾疏而责之。"其子曰:"若获愈,何谓不言?"于是具以父从来所为乖误者,尽示佗。佗留书责骂之。父大怒,发吏捕佗。佗不至,遂呕黑血升余,其疾乃平。又有女子极美丽,过时不嫁。以右膝常患一疮,脓水不绝。华佗过,其父问之,佗曰:"使人乘马,牵一栗色狗走三十里,归而热截右足,柱疮上。"俄有一赤蛇从疮出,而入犬足中,其疾遂平。

(出《独异志》)

译文

魏国人华佗擅长医术。曾有一位郡守病重,华佗去看他。郡守让华佗为他诊治,华佗退了出来,对郡守的儿子说:"使君的病和一般的病不同,在他的腹中有瘀血。在他暴怒时把瘀血吐出来,就能治好他的病,不这样的话就活不成了。你可以把你父亲平时所做过的错事都告诉我,我写下来斥责他。"郡守

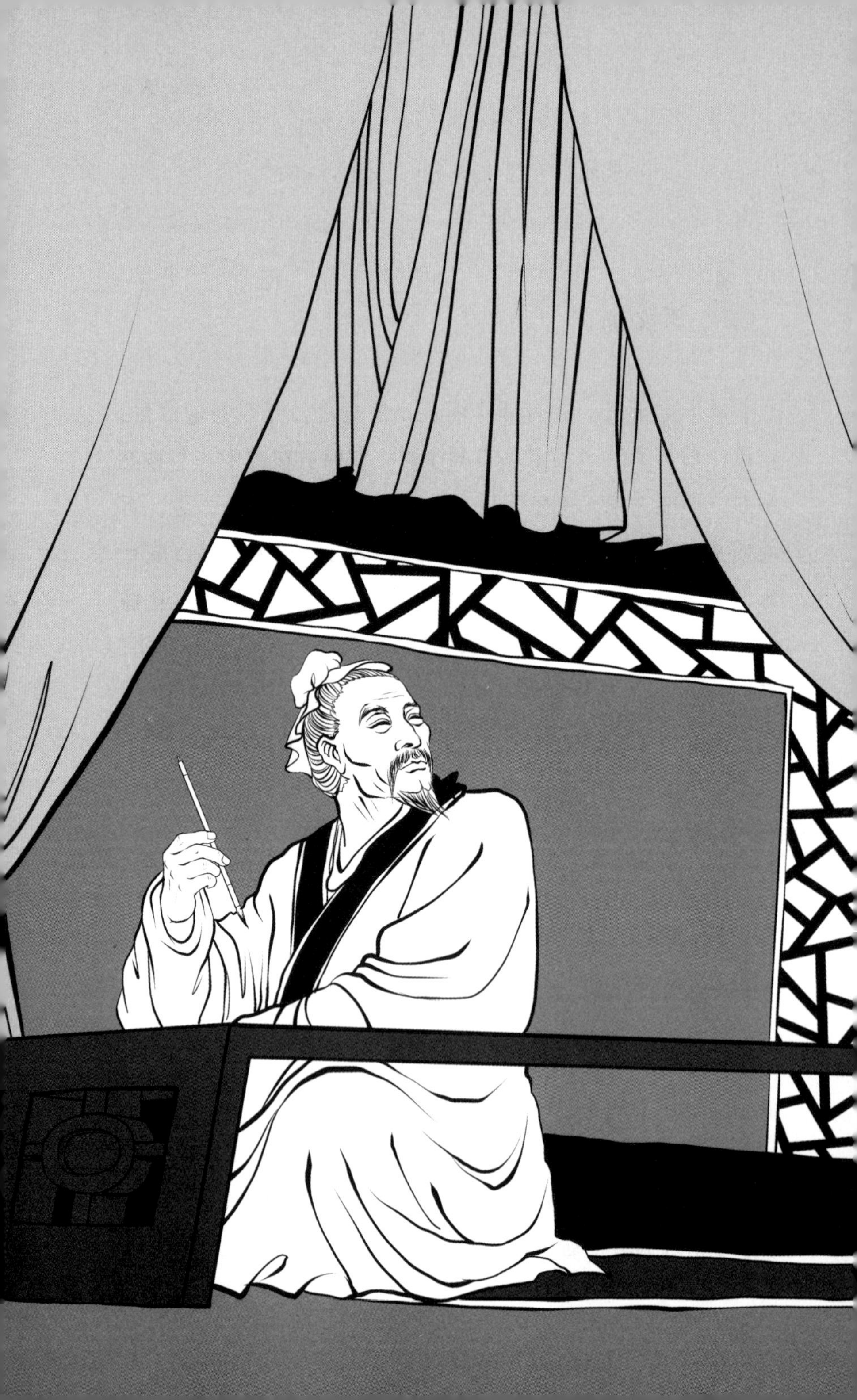

的儿子说:"如果能治好父亲的病,有什么不能说的?"于是,他把父亲长期以来所做不合常理的事情,全都告诉了华佗。华佗写了一封信留下来痛骂郡守。郡守大怒,派属吏捉拿华佗。没有捉到,郡守于是吐出一升多黑血,病就好了。另外,有一个非常漂亮的女子,过了结婚的年龄,还没有嫁人。因为她的右膝常有一个疮,脓水不断流出。华佗经过,她父亲询问华佗,华佗说:"派人骑马,牵着一条栗色的狗跑三十里,回来后,乘着狗的身子正热时截下狗的右脚,按在疮口上。"不一会儿,有一条红色的小蛇从疮口中出来,进到狗的脚中,那姑娘的病就好了。

读后感悟

大医之道,不溺于常理,能随机应变,救人于倒悬。

张仲景

原文诵读

何颙(yóng)妙有知人之鉴。初郡张仲景总角造颙。颙谓曰:"君用思精密,而韵不能高,将为良医矣。"仲景后果有

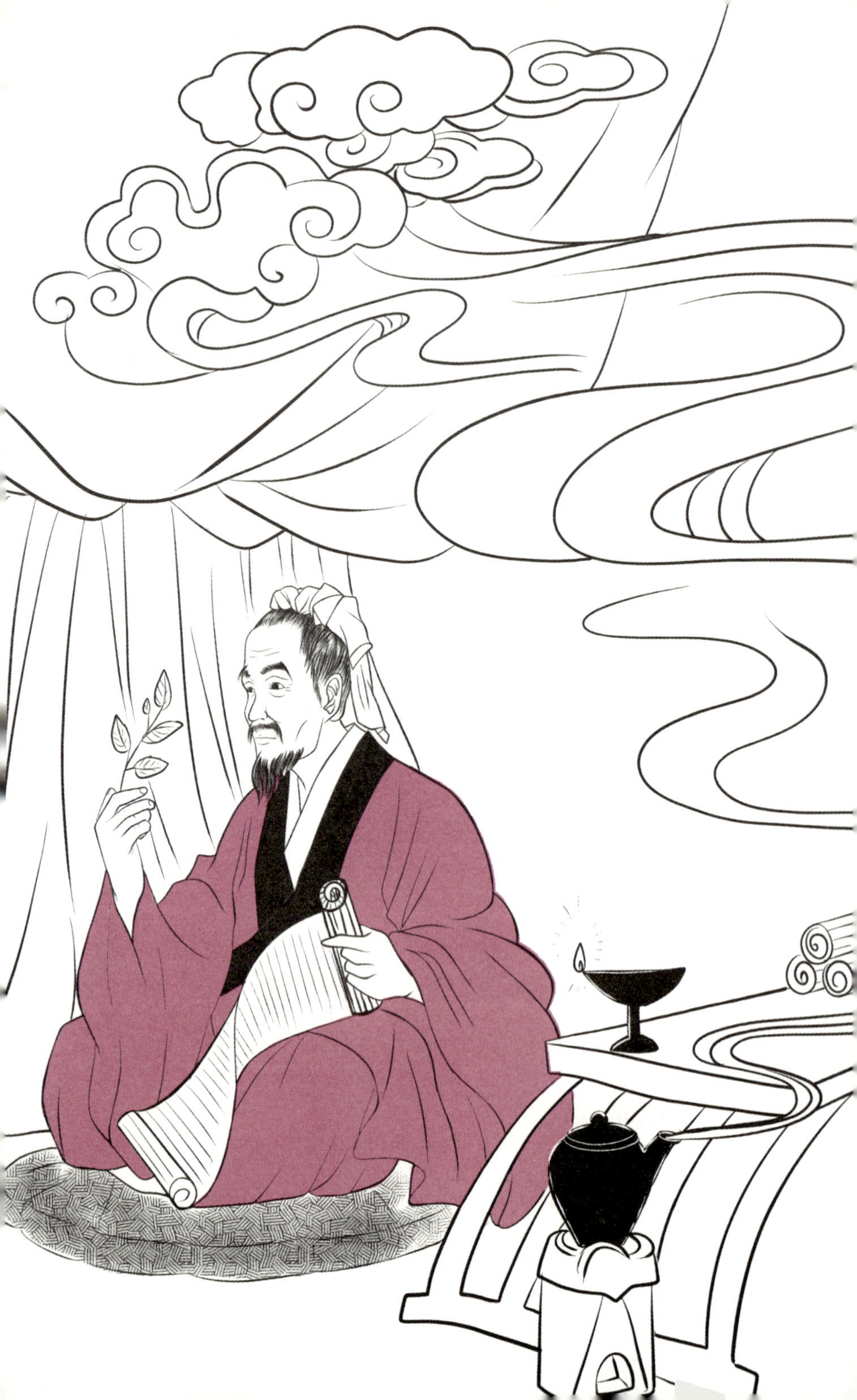

奇术。王仲宣年十七时过仲景，仲景谓之曰："君体有病，宜服五石汤。若不治，年及三十，当眉落。"仲宣以其赊远不治。后至三十，果觉眉落。其精如此，世咸叹颙之知人。（出《小说》）

译文

何颙有极高的识别人才的能力。当初，郡里的张仲景年少时来拜访何颙。何颙对仲景说："你的思虑精巧细密，但你的气度不够高妙，将成为一名良医！"后来张仲景果然有神奇的医术。王仲宣十七岁时来拜访张仲景，仲景对王仲宣说："你身体有病，应当服用五石汤，若不治疗，到三十岁时，眉毛该脱落了。"王仲宣认为到三十岁还远，就没有治疗。后来到了三十岁时，果然发现眉毛脱落。张仲景的医术精深就是这样，世人都赞叹何颙识别人才的能力！

读后感悟

医圣张仲景，能于病症未显时揭露病灶，防患于未然。

相

陆景融

原文诵读

陆景融为新郑令。有客谓之曰:"公从今三十年,当为此州刺史,然于法曹厅上坐。"陆公不信。时陆公记法曹厅有桐树。后果二十年为郑州刺史,所坐厅前有桐树。因而问之,乃云:"此厅本是法曹厅,往年刺史嫌宅窄,遂通法曹厅为刺史厅。"方知言应。(出《定命录》)

译文

陆景融担任新郑县令。有门客对他说:"您从现在起再过三十年,会担任这个州的刺史,却在法曹堂上办公。"陆景融不相信。当时,他记得法曹堂有棵桐树。后来过了三十年,他果然担任郑州刺史,他坐的大堂前边有棵桐树。陆景融于是询问了这个问题,有人说:"这儿本来是法曹厅,先前的刺史嫌宅院窄小就打通了法曹堂作为刺史厅。"陆景融这才知道那位门客说的话应验了。

读后感悟

世间万事,阴差阳错,一语成谶,亦叵怪哉。

安禄山

原文诵读

玄宗御勤政楼，下设百戏，坐安禄山于东间观看。肃宗谏曰："历观今古，无臣下与君上同坐阅戏者。"玄宗曰："渠有异相，我欲禳（ráng）之故耳。"又尝与之夜宴，禄山醉卧，化为一猪而龙头。左右遽告，帝曰："渠猪龙，无能为也。"终不杀之。禄山初为韩公张仁愿帐下走使之吏，仁愿常令禄山洗脚。仁愿脚下有黑子，禄山因洗而窃窥之。仁愿顾笑曰："黑子吾贵相也，汝独窃视之，岂汝亦有之乎？"禄山曰："某贱人也，不幸两足皆有之。比将军者色黑而加大，竟不知其何祥也。"仁愿观而异之，益亲厚之。约为义儿，而加宠荐焉。（出《定命录》）

译文

唐玄宗驾临勤政楼，在楼下安排了各种杂艺表演，让安禄山坐在东间观看。后来继位为唐肃宗的李亨直言规劝说："儿臣读遍古往今来的所有典籍，也没有臣下与君王坐在一起看戏的记载。"唐玄宗说："安禄山相貌奇特，我是想借他扫除辟邪啊！"唐玄宗曾与安禄山一起在夜间饮宴，安禄山喝醉后，躺到那儿变成一头猪，却长着龙的头。手下人赶忙禀报，玄宗皇帝说:"他是一头猪龙,没有什么作为!"最终没有杀他。安禄山当初在韩国公张仁愿帐下做一名传信小吏,张仁愿经常让安禄山给他洗脚。张仁愿脚下有一颗黑痣,安禄山在给他洗脚时偷看那颗痣。张仁愿望着安禄山笑着说:"黑痣是我的贵相,你特意偷偷看它,难道是你也有吗?"安禄山说:"我是一个微不足道的人,不巧的是我的两只脚上都有痣,比将军的颜色黑而大,也不知道这是什么兆头?"张仁愿看了安禄山脚上的痣后很惊异,越发亲近厚待他。并且让安禄山做了他的干儿子,更加宠爱他并向朝廷推荐。

读后感悟

欧阳修曾说:"祸患常积于忽微,智勇多困于所溺。"玄宗于安禄山之乱,不能明察秋毫,终致山河败落,身窜蜀地。

孙思邈

原文诵读

孙思邈年百余岁，善医术。谓高仲舒曰："君有贵相，当数政刺史。若为齐州刺史，邈有一儿作尉，事使君，虽合得杖，君当忆老人言，愿放之。"后果如其言，已剥其衣讫，忽记忆，遂放。(出《定命录》)

译文

孙思邈活了一百多岁，擅长医术。他曾对高仲舒说："你有贵人的面相，应该多次主政刺史一职。如果你担任齐州刺史，我有一个儿子在你那里担任县尉侍奉您。今后，虽说他应该受杖刑，您要是能记着老人我的话，希望能释放他。"后来，果然如逊思邈所说的那样，高仲舒已经把孙思邈之子的衣服扒了下来，忽然想起当年老人家的话，于是释放了他。

读后感悟

父母之爱其子，则为之计深远。药王孙思邈，可称圣人，犹为子孙计。

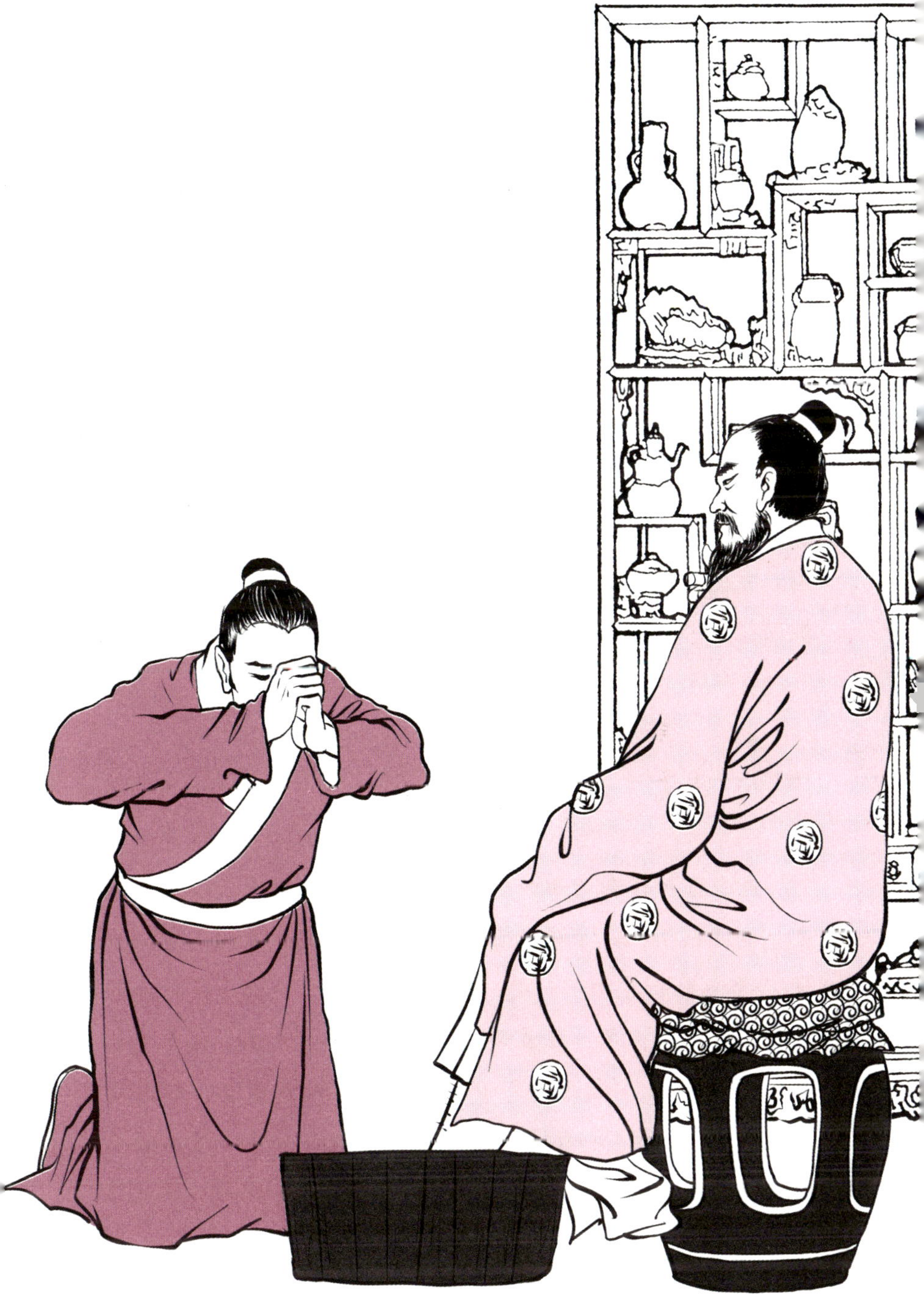

武后

原文诵读

武士彟(yuē)之为利州都督也,敕召袁天纲诣京师,途经利州。士彟使相其妻杨氏,天纲曰:"夫人骨法非常,必生贵子。"遍召其子,令相元庆、元爽。曰:"可至刺史,终亦屯否。"见韩国夫人,曰:"此女夫贵,然不利其夫。"武后时衣男子之服,乳母抱于怀中。天纲大惊曰:"此郎君男子,神彩奥澈,不易知。"遂令后试行床下,天纲大惊曰:"日角龙颜,龙睛凤颈,伏牺之相,贵人之极也。"更转侧视之,又惊曰:"若是女,当为天下主也。"(出《谭宾录》)

译文

武士彟担任利州都督时,皇帝下诏书征召袁天纲到京城去。途经利州,武士彟让袁天纲给他妻子杨氏看相。袁天纲说:"尊夫人的骨相不一般,一定能生贵子。"武士彟把他的儿子全都召唤出来,让袁天纲给他的儿子武元庆、武元爽相面。袁天纲说:"这两位公子,官位可以做到刺史,但最后要遇到艰难困苦。"看过韩国夫人的面相后,说:"这位姑娘的丈夫尊贵,然而她的面相对丈夫不利。"当时武则天皇后穿着男孩的衣服,奶妈抱在怀中,袁天纲看见后,神色为之一震,说:"这个小男孩,神色深奥,目光清澈,不容易看透啊!"于是让武后在床边试着走几步,袁天纲大为吃惊,说:"额骨中央隆起,形状如日,龙眼、凤颈,这是伏羲的面相,他将来的富贵可以达到人的极点。"袁天纲又转身从侧面看武后,又是吃惊地说:"如果是位女孩,应该成为天下的主人!"

读后感悟

古史所记,圣王降生,多有异象出现,其相貌气质也多与常人不同。凡此种种,只不过增饰其神秘色彩而已。

李淳风

原文诵读

武后之召入宫,李淳风奏云:"后宫有天子气。"太宗召宫人阅之,令百人为一队。问淳风,淳风云:"在某队中。"太宗又分为二队,淳风云:"在某队中,请陛下自拣择。"太宗不识,欲尽杀之。淳风谏不可。陛下若留,虽皇祚暂缺,

而社稷延长。陛下若杀之,当变为男子,即损减皇族无遗矣。太宗遂止。(出《定命录》)

译文

武则天皇后被召见入宫时,李淳风向唐太宗进言,说:"后宫出现了天子的气象。"唐太宗召集宫人察看,让一百个人排成一队。询问李淳风,李淳风说:"在某队中。"唐太宗让人将这一队分成两队,李淳风说:"在某队中,请陛下自己挑选吧。"唐太宗分辨不出来,想将这队嫔妃全部杀掉。李淳风劝谏太宗说,不可以。陛下如果留下她,虽然皇位暂时缺位,但是李氏江山可以延长。陛下要是杀了她,她的后身就会变成一位男子,大唐江山就会减短,李家皇族就会被灭绝了。唐太宗于是停止追究。

读后感悟

古人讲天命,太宗即位是天命,武后临朝自然也是天命了。

杨贵妃

原文诵读

贵妃杨氏之在蜀也,有野人张见之云:"当大富贵,何以在此。"或问:"至三品夫人否?"张云:"不是。""一品否?"曰:"不是。""然则皇后耶?"曰:"亦不是,然贵盛与皇后同。"见杨国忠,云:"公亦富贵位,当秉天下权势数年。"后皆如其说。(出《定命录》)

译文

杨贵妃住在蜀地时,有个姓张的隐士看到她说:"这个女孩将来能大富大贵,怎么住在这里呢?"有人问:"能做三品夫人吗?"张说:"不是。"问:"一品夫人吗?"回答说:"不是。"问:"那么能成为皇后了?"回答说:"也不是。然而这女孩尊贵、显赫的程度,跟皇后一样。"张看到杨国忠,说:"您也是富贵面相,将来能掌握几年朝中的大权!"后来都像张说的那样。

读后感悟

巫医卜筮之说,大多事后附会追记。山野之人哪得此等本事?

伎巧

张衡

原文诵读

后汉张衡字平子,造候风地动仪。以精铜铸之,圆径八尺,盖合隆起,形如酒樽,饰以篆文及山龟鸟兽之状。中有都柱,傍行八道,施关发机。外八龙首,各衔铜丸,下有蟾蜍,张口承之。其牙机巧制,皆隐在樽中,覆盖周密无际。如有地震,则樽动机发,龙吐丸而蟾蜍衔之。震动激扬,伺者因此觉知。一龙发机,而七首不动,寻其方面,乃知震动之所在。仪之合契若神,自书典所记,未之有也。曾一龙发机而地不动。京师学者,初咸怪其无征。数日驿至,果地动。于是皆服其神妙。(出《后汉书》)

译文

东汉人张衡,字平子,制造了一台候风地动仪。地动仪是用精炼的铜铸成的,直径八尺,盖合高隆起来,形状像个大酒樽,上面绘制有篆文、山龟、鸟兽等图案作为装饰。中间有一根总柱,周围八根分柱,用机关相连接。外有八个龙头,每头龙口中含一枚铜丸,下面有蟾蜍,张口接着铜丸。它的启动机关制作精巧,都藏在酒樽的里面,盖上盖后,严密非常,没有一点缝隙。

如果发生地震，酒樽震动，引起里面机关发作，龙吐铜丸，蟾蜍用口衔住。震动激烈，观察它的人就会知道有了情况。一头龙的机关发动，而另外七头不动，找出它的方向，就知道了地震发生在哪里。地动仪测地震非常准确，好像神物一般，在史书、典籍的记载中从来没有过。曾经有一次，有一头龙的机关发动了，而它所指方向的地方没有发生地震。当时，京城中的学者们，一开始都责怪地动仪测出的结果不准确。几天后，驿使到来，那个地方果然发生了地震。于是人们都信服地动仪的神奇玄妙！

读后感悟

张衡地动仪，史有记载，其制作精妙，测试准确，今人竟不能探寻其究竟，可怪。

凌云台

原文诵读

凌云台楼观极精巧。先称平众材，轻重当宜，然后造构。乃无锱铢相负揭。台虽高峻,恒随风摇动,而终无崩殒。魏明帝登台,惧其势危,别以大材扶持之,楼即便颓坏。论者谓轻重力偏故也。(出《世说新语》)

译文

凌云台建造得非常精巧。建造时先把所有的材料都称量好,使它们轻重得当,然后再开始建造,相互之间就连丝毫重量误差都没有。凌云台虽然高峻,常常随风摇动,但最终没有塌陷。魏明帝要登上凌云台,却惧怕它的高峻,就另用大木头支撑住它,于是楼台立刻倒塌毁坏了。议论的人说这是轻重力量不平衡的缘故。

读后感悟

欧阳修《归田录》所记,京城开宝寺塔(即今之开封铁塔),初建时向西北倾斜,工匠解释说,京师汴梁平原多西北风,久则回正,后果如此。

十二辰车

原文诵读

则天如意中,海州进一匠,造十二辰车。回辕正南,则午门开,马头人出。四方回转,不爽毫厘。又作木火通,铁盏盛火,辗转不翻。（出《朝野佥载》）

译文

武则天如意年间,海州向朝廷进献一位匠人,制造出了十二时辰车。当车辕转到正南时,午门打开,有一个马首假人从里面出来报时,它围着东、南、西、北四方旋转,所指示的时间毫厘不差。这位海州匠人又制作木火通,是用铁盘盛火,旋转时火也不从盘中掉下来。

读后感悟

古人之智慧,不可思议。

铜樽

原文诵读

韩王元嘉有一铜樽,背上贮酒而一足倚。满则正立,不满则倾。又为铜鸠,毡上摩之热则鸣,如真鸠之声。(出《朝野佥载》)

译文

韩王李元嘉有一只铜樽,上面盛酒,下面一只脚立着。樽里的酒盛满,铜樽就端正地立着,酒没盛满,就倾斜。韩王元嘉还有一只铜鸠,将它在毡上摩擦发热,就会鸣响,像真的鸠鸣声音一样。

读后感悟

凡此机巧之物,必是用心琢磨得来。

器玩

王子乔

原文诵读

王子乔墓在京陵,战国时,有人盗发之。都无见,惟有一剑悬在圹中。欲取而剑作龙虎之声,遂不敢近。俄而径飞上天。《神仙经》云:"真人去世,多以剑代。五百年后,剑亦能灵化。"此其验也。(出《世说新语》)

译文

周灵王的太子乔的陵墓在皇陵,战国时,有盗墓人将它挖开。墓里面什么也没有,只有一柄宝剑悬挂在墓穴中。盗墓人想将宝剑取走,宝剑立即发出龙吟虎啸的声音,吓得盗墓人不敢靠近。过了一会儿,宝剑自己飞上天去。《神仙经》上说:"真人仙逝以后,多数都用剑来替代他葬入坟墓。过了五百年,代葬的宝剑也能得道升仙。"这就是征验啊。

读后感悟

古人记载宝剑多能通神,"龙光射牛斗之墟"亦此类。

轻玉磬

原文诵读

汉武帝起招仙阁于甘泉宫西,其上悬浮金轻玉之磬。浮金者,自浮水上。轻玉者,其质贞明而轻也。(出《洞冥记》)

译文

汉武帝在甘泉宫西边建造了一座招仙阁,阁上面悬挂着浮金轻玉磬。浮金,能自浮于水上。轻玉,它的质地透明而轻盈。

读后感悟

五行之说,金能生水,故曰"浮金"。

吉光裘

原文诵读

汉武帝时,西成献吉光裘,入水数日不濡,入火不焦。上时服此裘,以视朝焉。(出《十洲记》)

译文

汉武帝时,西成国进献了一件吉光裘,它放在水中几天也不沾湿,放在火中也不会烧焦。汉武帝时常穿着吉光裘上朝。

读后感悟

此吉光裘,可避水火,稀世之物。

太平廣記

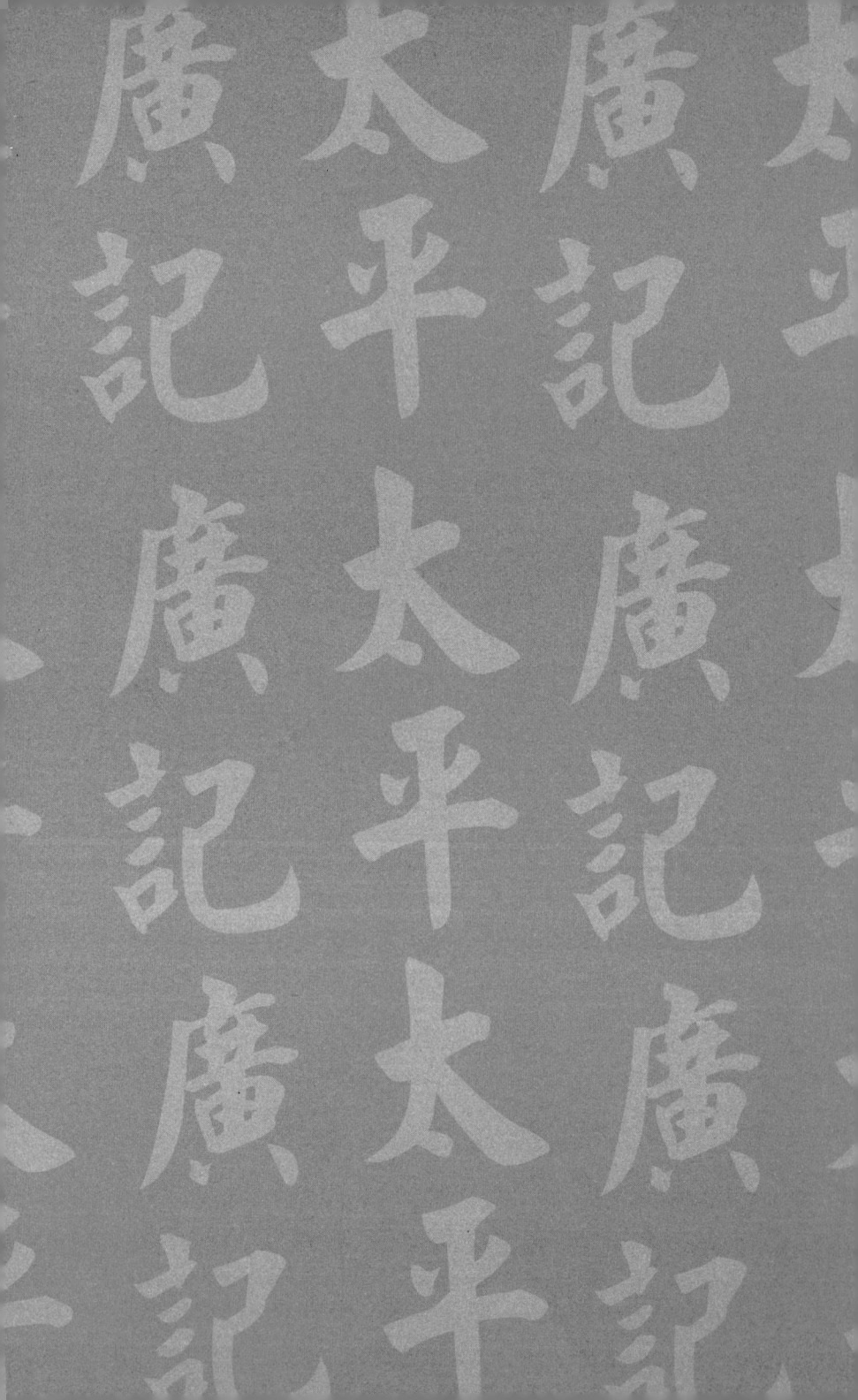